Calentura

Teresa Cristófani Barreto

CALENTURA
novela

Prefácio
Jesús J. Barquet

ILUMI//URAS

Copyright © 2005:
Teresa Cristófani Barreto

Copyright © desta edição:
Editora Iluminuras Ltda.

Capa:
Fê
Estúdio A Garatuja Amarela
sobre *Mulher-Tronco* (1966), óleo sobre tela [100 x 80 cm], Flexor.
Coleção Anita Marques da Costa, São Paulo. Cortesia da Família Flexor.

Revisão:
Entretexto Assessoria Editorial

Dados Internacionais de Catalogação na Publicação (CIP)
(Câmara Brasileira do Livro, SP, Brasil)

Barreto, Teresa Cristófani,
   Calentura / Teresa Cristófani Barreto;
prefácio Jesús J. Barquet. — São Paulo :
Iluminuras, 2005.

   ISBN 85-7321-120-2

   1. Ficção brasileira   I. Barquet, Jesús J.
II. Título.

05-7651   CDD-869.93

Índice para catálogo sistemático:
1. Ficção : Literatura brasileira   869.93

2005
EDITORA ILUMINURAS LTDA.
Rua Oscar Freire, 1233 - 01426-001 - São Paulo - SP - Brasil
Tel.: (11)3068-9433 / Fax: (11)3082-5317
iluminur@iluminuras.com.br
www.iluminuras.com.br

ÍNDICE

Prefácio 9
    Jesús J. Barquet

Calentura 17

Sobre a Autora 127

PREFÁCIO

Jesús J. Barquet

Poderia, porque o texto assim o permite, falar de Calentura, *de Teresa Cristófani Barreto, como uma narrativa de ficção que, como qualquer outra deste tipo, digere e metaforiza idéias, situações, histórias e pré-textos de origens diversas e mais ou menos inconfessas. Ou poderia, por outro lado, falar de* Calentura *como uma biografia literária ou pseudoficcional ("que mescla ficção e pseudoficção", confessou-me Barreto) do autor cubano Virgilio Piñera Llera (1912-1979), membro espúrio do famoso Grupo Orígenes que, se não dominou, ao menos aturdiu o âmbito cultural cubano (ou, mais precisamente, havanês) do final dos anos 30 até a primeira metade dos anos 50 do século XX; biografia que, além de concorrer para o intertexto direto — como já havia feito Barreto em seu ensaio* A libélula, a pitonisa. Revolução, homossexualismo e literatura em Virgilio Piñera *(São Paulo: FAPESP/Iluminuras, 1996) —, concorre para a total re-elaboração escrita de vários textos de e sobre Piñera que só o especialista literário de sua obra consegue facilmente reconhecer. Num e noutro caso estamos, então, diante de um ato de reescritura de ambígua, e em última instância desnecessária, classificação.*

Embora ambas as aproximações acabem sendo válidas, a segunda se faz mais urgente, porque é ali que a autora estabelece com maior intencionalidade suas chaves, como se nos propusesse uma nouvelle à clef *sobre Piñera e sua época que, somente uma vez decifrada, revelaria a riqueza documental e estilística de seu árduo trabalho acadêmico e escritural. Faz-se mais urgente também esta segunda aproximação porque, lida assim,* Calentura *fica inserida no fenômeno artístico-literário iniciado nos anos 90 de, após "descobrir" os dois grandes* Mestres *do Grupo Orígenes — José Lezama Lima (1910-1976) e o próprio Piñera — e até fanatizar-se por eles em escala internacional, formular imagens ficcionais de suas personas públicas: como personagem, Piñera aparece de forma mais ou menos confessa em testemunhos como* Virgilio Piñera: entre él y yo *(1994), de Antón Arrufat — quem detém os manuscritos inéditos de Piñera —; em filmes como* Antes do anoitecer *(*Before Night Falls*, 2000), de Julian Schnabel; em romances como* El portero *(1990), de Reinaldo Arenas e* Máscaras *(1997), de Leonardo Padura Fuentes e, agora,* Calentura.

Não foi a morte de Piñera, ocorrida dentro do maior anonimato e ostracismo na Havana de 1979, o que fez dele uma figura de culto do fim do século tanto dentro de Cuba quanto no exterior, mas sim sua lenta "reabilitação" pela oficialidade e pela juventude cubanas nos anos 80, a progressiva "liberação" posterior de seus manuscritos inéditos que permaneceram na Ilha (em particular, sua autobiografia La vida tal cual *e cartas pessoais), a recente reedição por grandes editoras internacionais de suas obras praticamente "perdidas" em primeiras pequenas edições dos anos 40, 50 e 60, bem como o crescente interesse acadêmico por sua obra em particular, para além do fenômeno Orígenes, onde Piñera acabava sendo uma figura heterodoxa e, em certas ocasiões,* maldita.

Isso não deve levar a pensar, no entanto, que em algum momento Piñera tenha sido um autor desconhecido dentro da Ilha: desde o final dos anos 50 já era considerado um Mestre (termo que retoma Barreto em Calentura*) da narrativa, da poesia e do teatro* *por vários autores cubanos tais como Arrufat, José Triana, Heberto Padilla e Reinaldo Arenas, prestígio este que continuou de forma clandestina nos anos 70, até sua morte. Quer dizer, como seu antagonista Lezama Lima, Piñera também foi profeta em sua terra. Gozou, além disso, de certo renome desde os anos 40 entre importantes figuras estrangeiras tais como María Zambrano, Witold Gombrowicz, Jorge Luis Borges e José Bianco.*

Dentro do recente interesse internacional não só pela obra mas também pela pessoa pública de Lezama Lima e Piñera, a própria Barreto, na qualidade de pesquisadora acadêmica e professora da Universidade de São Paulo, tem desempenhado, desde 1995, um papel fundamental. Produto de seus estudos para o doutoramento é seu ensaio mencionado A libélula, a pitonisa: *centrado fundamentalmente nos aspectos ideo-estéticos de Piñera, este ensaio inclui ao final uma seção intitulada "A Cuba de Virgilio Piñera. Uma cronologia", talvez a biobibliografia comentada mais completa e fascinante de Piñera escrita até hoje, a qual poderia ser vista como uma espécie de esboço prévio de* Calentura, *a ponto de servir de utilíssimo complemento ao leitor não iniciado nos meandros existenciais, históricos e escriturais de Piñera. Barreto é também autora de vários ensaios sobre a obra de Piñera, bem como responsável pela página eletrônica (http://www.fflch.usp.br/sitesint/ virgilio/index.html) e pela publicação de valiosos documentos e testemunhos sobre ele.*

Por tudo isso, a segunda aproximação a Calentura *se faz, como antes assinalei, mais imperiosa. Embora não nomeie totalmente a Piñera nem localize geograficamente sua trama,* Calentura *reúne a vida de pobreza que o Piñera "real" sofreu antes e depois de 1959, o descobrimento de sua condição de artista e de homossexual, a enervante alergia que sentia pelo cotidiano insular (a Ilha concebida como um inferno, como uma absurda e calorenta prisão entre as águas), seu trabalho de tradutor do polêmico romance de*

Gombrowicz, seu medo ou terror ante os novos ventos repressivos do governo de Fidel Castro, sua obscura condenação nos anos 70, suas clandestinas tertúlias literárias, sua obsessão pela escritura (sua grafomania) e pela liberdade individual e, sobretudo, seus textos.

Em sua obra, tanto quanto em sua vida — como bem registra Barreto —, ali onde Lezama Lima constrói e mitifica, Piñera (ou Oscar, em Calentura*) corrói, parodia e destrói com risos ou "gargalhadas que pudessem terminar em tragédia"; onde Lezama Lima fabula idealmente para consolidar-se com fixidez numa cubanidade de essências e paisagens, Piñera-Oscar se desvanece num nada existencial e nacional transpassado de misérias e atrocidades cotidianas que obrigam o leitor a perguntar-se, como ele, "de onde é que foram tirar aquela balela dos ares amenos"; onde Lezama Lima descobre uma cornucópia barroca, uma maravilhosa sobrenatureza irradiante, a "festa inominável" de viver numa Ilha, Piñera-Oscar assinala que "a tal abundância secou", que "o calor está insuportável", que tudo é sujeira e fetidez, "que não sei — confessa — como é que agüento viver numa terra dessas". A poética rebuscada e a linguagem hermética de Lezama Lima se transformam em Piñera-Oscar na "fala das comadres falantes, fala das lavadeiras", segundo comentário de Guillermo Cabrera Infante que também Barreto recolhe.*

O conhecedor da obra e figura de Piñera deleita-se, assim, não só com a proposta pseudoficcional que Barreto faz através de seu personagem Oscar (que escreve em Calentura *a autobiografia homônima "A Vida Tal Qual", inventando um personagem chamado Virgílio P.), como também com seu trabalho re-escritural de textos que foram lidos e desfrutado antes, mas que agora reaparecem revelando novas texturas: como apontou Borges sobre o Cervantes criado pelo romance do Quixote, os textos de Piñera são convocados aqui por Barreto para criar, de forma diversa e metaficcional, seu Criador. Personagens como o Oscar de sua peça de teatro* Aire frío *(1959) e textos como "Discurso para o meu corpo" concorrem, junto com outros, para recriar a fugidia e impossível imagem histórica de seu autor.*

Dentro de Calentura encontram-se, além disso, intertextualizados, seus "contos frios" de 1956 ("A carne" e "Na insônia", em particular), seu longo poema La isla en peso *(1943), seu epistolário pessoal, os mencionados "Discurso para o meu corpo",* Aire frío *e "La vida tal cual" (dispersamente publicada depois de sua morte, embora uns primeiros fragmentos dela apareceram em* Lunes de Revolución, *27 mar. 1961, pp. 44-47), assim como testemunhos pessoais sobre o autor e documentos oficiais da sociedade cubana pós-revolucionária, tais como os infamantes decretos do Primeiro Congresso Nacional de Educação e Cultura, de 1971. As formas diversas nas quais Barreto insere todos esses pré-textos em sua escritura poderiam ser objeto de um estudo mais detido: a autora utiliza — ficção de ficção — personagens dramáticos de Piñera (como Oscar e Luz Marina, de* Aire frío*) para nomear e caracterizar o autor e sua irmã, respectivamente; borra as fronteiras entre sua prosa e a proveniente de documentos literários ou históricos; oferece traduções diretas de contos (por exemplo, "Na insônia") e de outros textos de Piñera cuja fonte revela, de modo alusivo, nuns casos, enquanto que noutros prefere ocultar; chega até a "falsear" as intertextualidades, como quando outorga a seu protagonista reflexões sobre os vínculos entre escritura e respiração que se devem, na realidade, a Lezama Lima. Não segue, pois, uma só estratégia escritural, mas sim mescla várias delas conforme seu desejo, permitindo em certas ocasiões que um narrador em terceira pessoa, procurando explicar ao leitor o complexo tecido de* Calentura, *irrompa em reflexões metaficcionais com maior ou menor ironia ou suposta objetividade acadêmica: "Um interessante artigo sobre o exílio de Witold G. informa que sua família, de terratenentes, 'guardava certa memória nobiliária'. Afirma o autor do referido* *texto que, desde pequeno, Witold se interessava pela leitura de documentos, mantidos em cofre, que davam notícia da estirpe dos seus".*

O prévio e rigoroso trabalho de pesquisa de fontes e de ordenação e análise de dados e idéias feito por Barreto é agora a base para uma heteróclita e anti-acadêmica, quer dizer, criativa, escritura em Calentura: *literaturiza-se o dado objetivo, subjetiva-se a análise literária, "falseiam-se" e ocultam-se as fontes e os nomes, os circunlóquios borram ou ironizam seu referente. A voz narrativa passa da terceira para a primeira pessoa gramatical; o texto passa de um a outro ente de ficção ou dupla-ficção (de Oscar P. Ll. a Virgílio P.), de um a outro pré-texto, de um a outro tempo (passado/ presente); à maneira do romancista uruguaio Onetti, umas simples marcas de pontuação ou de tipografia (colchetes, parênteses, aspas, tipos antigos) procuram demarcar, de forma irônica às vezes, alterações de voz, de tom, de referência. A textura escritural de* Calentura *acaba sendo, então, um atraente terreno movediço, pantanoso, que, após haver digerido de forma diversa os mais diversos pré-textos, não vacila agora em digerir também o leitor que procure informações ou certezas extraliterárias ou excludentes procedimentos literários.*

Barreto confessou-me numa carta que seu objetivo ao escrever Calentura *fora escrever uma "pseudo-autobiografia" de Oscar, o personagem de certa forma autobiográfico criado por Piñera em* Aire frío *e cujo nome, junto ao do personagem Marina (Luísa, irmã de Piñera, Luz Marina em* Aire frío*), Barreto retoma acrescentando-lhe as restantes iniciais do autor (P. Ll.). Ao escrever sua tese de doutoramento sobre Piñera, "aprendi — continuou dizendo-me Barreto — que não podia estar segura de nenhuma informação sobre Cuba e os personagens estudados; por não ser historiadora, decidi então escrever em vários registros, gêneros, narradores, para poder mostrar exatamente a fratura da segurança das coisas".*

À impossível exatidão superficial das pessoas e fatos envolvidos que resulta da pesquisa histórica, Barreto acrescenta agora uma eclética escritura mais atenta à essência das circunstâncias que aos dados objetivos. Como fez Piñera com a maioria de seus personagens, Barreto deslocaliza histórica e geograficamente seus entes ficcionais (provenham ou não da realidade extraliterária) em Calentura, *sem por isso trair o essencial de suas vidas. Entrega-nos uma* nouvelle à clef *que, embora reclame ao leitor a revelação de cada chave (*clef*) e às vezes até o ajude nesta empresa, não quer renunciar a ser, antes de tudo, um texto de ficção (uma* nouvelle*), quer dizer, uma obra nascida totalmente da imaginação bem informada porém livre de sua autora.*

Tradução de Teresa Cristófani Barreto

CALENTURA

e direi bem baixinho:
então, era verdade?

    Parece que nunca fez tanto calor. Oscar sabe que todos os anos é a mesma lengalenga, que o calor está insuportável, que não sei como é que eu agüento viver numa terra dessas, o lenço branco já úmido, encardido e embolado, passando toda hora pela testa brilhosa e quase gosmenta de pó, fuligem, uma fração de casca de alpiste ou o que pairar no ar, fios mortos de cabelo, e depois fazer volume no bolso da frente da calça, no lado esquerdo. Mas agora é diferente. Nenhum ar, nenhuma aragem, nenhuma brisa. Se é que é para levar a sério aquela história de Sopro Divino, então a boca de Deus exala um bafo quente e pegajoso. Oscar fica só imaginando de onde é que foram tirar aquela balela dos ares amenos, se bem que não eram exatamente daqui, mas de logo ali adiante. E as águas, então. A tal abundância secou, e os rios de muitas e crescidas águas viraram um fiozinho esquálido, sujo, que se esgueira dificultoso pelos encanamentos enferrujados, só com hora marcada. Nas menos próprias, aliás. Porque já não se pode mais levantar da cama lá pelas nove e meia, dez da manhã e tomar um banhão, refrescante, despertador. Nem fresco, nem estimulante, nem ão, muito menos inho. Nem escovar os dentes, encher a boca com aquela espumona branca, ardida, que quase faz esquecer, enquanto está em contato com mucosa e pele, o calorão. Oscar lembra do tempo em que podia levantar de manhã e sentir congelar a boca com o Ah!... do reclame de pasta de dente. A interjeição agora virou de desânimo. E de nojo, por saber que da torneira não sairá, até a noite, nem um mijinho que seja — de água.

Levantar mais cedo nem pensar. Então, é mesmo acordar e saber que vai ficar o dia inteiro com o corpo cheirando a morrinha, a língua grossa, o mau hálito que se expande com facilidade pelo ar parado, o cigarro só piorando as coisas, em vez de disfarçá-las. O cabelo grudado no couro cabeludo, a roupa grudada no corpo, braços e rosto sempre pegajosos, o lenção laborioso, com o canto puído e o ponto-ajur desmanchando. Os fiozinhos de linha ou de cabelo pendurados fazendo cócegas no nariz.

Lenço branco que já não ostenta mais o monograma amorosamente bordado pela mãe — de tão esfregado no tanque noturno —, rara tenção estética concebida por alguém daquela casa, sua família. Um pai caminhando celeremente para a cegueira, que ainda se apresenta como técnico agrimensor, mas que nada mais faz do que segurar uma escala para que outro funcionário da companhia de estradas de rodagem realize a leitura de caderneta. E que no escuro mais escuro de cada noite se dedica ao projeto hidráulico de um revolucionário sistema de privadas, cujo grande avanço é uma curvatura diferente do sifão para Oscar não sabe o quê. Uma irmã de cabelo sempre caído sobre o rosto e que divide com a mãe — de má vontade, porque gostaria de trabalhar fora para conhecer alguém e casar, como fez Marina, a outra irmã — a função de professora no arremedo de escola montada na mesa grande da sala. Dão reforço para crianças atrasadas na escola primária. E quando esses três membros da família se encontram, na hora do jantar, sob o olhar áspero de Oscar e alguma criança ainda mais atrasada remanesce na sala, começam então as reclamações de praxe, não se pode nem bá, bá, bá, não estou para sustentar bá, bá, marmota, bá, você não vê que esse aí bá, eu quero um ventilador bá, bá, bá, bá, bá para pagar as contas este bá, bá, bá. De cada boca escorrem fios de palavras, e Oscar os vê amonturando-se como se amonturam essas pessoas, semelhantes às próprias excreções que se congraçam, ao longo do dia, em diferentes nuanças e consistências, mas sempre com o mesmo tom fétido, até a noite redentora que faz soar, em harmonia, as descargas do bairro.

Mas nem mesmo o coro das águas ciclônicas, tragadas por todas as cloacas, amaina o dia. Ou os dias, iguais na impossibilidade de excretar dignamente os sumos corporais. Porque por mais que se tente ficar livre deles, eles refluem com a subida das marés que cercam toda esta terra, troço boiando em águas apodrecidas que vêm e vão dos corpos úmidos e dos ares suarentos.

Mas frio, frio cortante, frio que paralisa, frio de faca de fio de aço, só o frio do fim da espinha quando passa ventando no ônibus sempre de porta aberta para fingir que se refresca um pouco com a poeira quente das ruas do centro o marido de Marina, o chofer sempre de camisa de meia agarrada no peito, o puto bem que gosta de se exibir. Pelo menos Marina escolheu alguém que extravasa a pequenez das coisas práticas que marca a família, com exceção dos parcos bordados de mamãe. Talvez à época do casamento não tenha pesado todas as implicações que essa camisa de fundo poderia trazer aos laços fraternos, fechando por completo os olhos ao exemplo das duas irmãs que tomavam o bonde Desejo e ardiam pelo mesmo motivo e no mesmo forno em que ardemos por aqui. Ou talvez acreditou que certo tom trágico daria alguma dignidade a nossas vidas. O fato é que tem que conviver com o hálito da cerveja sempre fermentada com alheios, o marido esbravejando antes para ela não conseguir dizer nada. E resfolegar toda noite com ele, que antes de começar arranca a camiseta e arreganha os sovacos peludos cheirando acre e aí se coça todo, dando liberdade aos pêlos pretos do peito, achatados desde de manhã e fixados contra a pele com o suor represado de um dia inteiro, os mamilos se retesando com a friagem súbita da falta do pano branco e o contato cortante das unhas sujas e crescidas. O brutamontes apertando as tetas dela com o peitão largo, duro de tanto músculo, parece uma massa compacta de carne, luzidia de tão esticada, e esse homem pesadão largado em cima de tetas tão miúdas, duas verrugas, será que não doem ali debaixo. E a sua coisona indo e vindo e ela tendo de agüentar, coitada, e ainda fazer cara de quem aprecia, se não já viu. E o hálito dele bafando na nuca, nos pêlos arrepiados deixados à mostra graças aos cabelos muito curtos, o calor da boca dele fazendo a carne quente arrepiar, e os mamilos dele roçando nas costas esquálidas de quem come pouco e jamais entrou, senão com outros interesses, em qualquer academia de fisioculturismo com o indefectível nome de Míster Atlas. As coxas dele contra as minhas pernas meio bambas, o joelho me machucando, o ar que falta na fronha sebosa do travesseiro amarfanhado e a dor, mas sobretudo o prazer.

Prazer antes de ejaculado já cuspido junto com palavrões, a baba escorrida entre a barba por fazer e cristalizada a caminho do sovaco, aí infiltrada da catinga que impregnou o travesseiro, fios de cabelo que se soltaram e grudaram no amarelecido da fronha. Pentelhos de naturezas diferentes enroscados, quase impressos no pano, juntados pelas secreções ressequidas e brilhosas, ornados pelos cabelos anelados que se desprendem a cada embate, a cada puxão.

Quando criança eu descobri que os nossos corpos, o de Marina e o meu, eram muito parecidos, tínhamos os mesmos contornos e medidas. Um dia uma prima de mamãe, em uma festa qualquer de família, numa casa onde havia um piano de armário, o som ácido, não o dos pianos da Sociedade Filarmônica, a tal prima pediu a atenção de todos e, com um lenço de cores muito fortes nos ombros, ergueu um brinde, que eu só muitos anos depois vim a saber que era o brinde da "Traviata". A mulher era gorda, mas seus dedos, extremamente delicados, seguravam com exagerada feminilidade a taça, que ela olhava languidamente enquanto soltava seu vozeirão meloso e sedutor. Fiquei fascinado. Quando cheguei em casa, arrumei um copo de vidro, peguei apenas um arremedo do lenço de cores fortes, a *liseuse* de Marina, cor-de-rosinha caipira, um forro de cetim ordinário mais caipira ainda — que Marina dobrava e roçava, uma face contra a outra, com o dedão e o indicador, e só assim conseguia dormir —, que serviu direitinho nos meus ombros, e me tranquei no quarto de minha mãe, o único que tinha um espelho de corpo inteiro. Ali reconstruí com os meus, magros e nodosos, os dedos da gorda. Delicadamente ergui o copo de vidro grosso e soltei toda a minha voz como se fosse seu meu tórax. Cantei maravilhosamente, mas meu pai, estranhado com o som que vinha do seu quarto, forçou a porta, que destrancava com facilidade (a chave não dava uma volta inteira na fechadura), estancou e perguntou: Mas o que é que você está fazendo aí? Eu respondi: Tomando ar. Nesse dia eu descobri que meus ombros e peito eram do tamanho dos de minha irmã, descobri o gozo da arte e descobri que algumas vezes teria que me esconder.

Pensei que papai fosse contar o que vira a mamãe e ela, a partir desse dia, porque Marina nem sempre estava disponível para provar os vestidos que mamãe, prestimosa, costurava para ela, me passasse a usar como manequim substituto de minha irmã. Isso jamais aconteceu. Algumas tias minhas usavam filhas e filhos, indistintamente — mas sob os protestos destes e só até a idade em que puderam controlá-los, e ainda sob ameaças de que se alguém mais ficasse sabendo eles se matariam — como manequins de vestidos femininos. Mamãe, não. Arranjou um manequim de madeira (nunca pôde comprar um para ela, experimentava suas próprias roupas no avesso, assim ficava mais fácil pontear o que precisasse ser mexido), que de criança era mais barato e ainda por cima ele iria aumentando à medida que o corpinho de minha irmã encorpasse. Não precisou mexer muito no bonecão que vivia coberto com um pano velho, Marina-sem-cabeça.

Mas o gozo da arte que se descortinou para mim nesse dia teve menos a ver com a música lírica, seus trinados e troadas, a *mise-en-scène*, o guarda-roupa. Eu estava mais interessado era em uma expressão que minha mãe usava com freqüência em dias de calorão. Mãe, onde é que você está? Estou aqui fora, menino, tomando ar. Só que a minha frase era já outra. De outra natureza. Senti, em meio ao torpor de porta-e-janela fechadas do quarto onde me escondia e fui fulminantemente desperto pelo meu pai, a cosquinha do frio na barriga que eu provava pela primeira vez e que se chamava criação. Eu criei, sozinho, um novo emprego para a frase de minha mãe, adulterando seu sentido primeiro. Nesse dia — eu descobri que era poeta. Matutei como é que eu tinha feito aquilo e se podia fazer de novo. Disso dependeria toda a minha carreira futura, recém-inaugurada. Nova descoberta. A da ansiedade da criação. Muito bem, eu era poeta. Mas o seria de novo? Ou estaria fadado a depender, como sempre ouvira dizer, dos humores da inspiração? Resolvi que não, em absoluto. Então decretei a mim mesmo que, a partir dali, eu deveria espichar meus ouvidos a todas as expressões familiares, para começar, e depois às usadas na escola, na feira, na rua, pela vizinhança. Se eu tinha conseguido deslocar tão bem uma expressão de uso corrente na minha casa eu poderia repetir a dose, mas para isso eu deveria conhecer outras expressões para, só então, regalá-las com usos novidadeiros. Estava criada ali a minha poética: fazer uma poesia tão da boca como a saliva. Uma poesia que falasse a fala das comadres falantes, a fala das lavadeiras, e que para ser escrita deveria, primeiro, ser dita. Eu escreveria não com as mãos ou, principalmente, com os olhos. Escreveria com os ouvidos. Seria como comer, não como todo mundo, com a boca ou com os olhos, mas com o nariz, como eu fazia quando o aroma vindo das outras casas era tudo o que tínhamos para o jantar. Solenemente peguei um de meus cadernos brochura, o mais grosso, comprado para durar o ano inteiro, virei-o ao contrário, a capa abrindo ao contrário — como seriam contrários os meus usos lingüísticos dali para a frente —, e escrevi com letra maiúscula, na primeira linha da página, aquela que aninha o cabeçalho de cada dia: CADERNO DE APONTAMENTOS DO POETA OSCAR P.LL. Passei com cuidado o dorso de meus dedos nodosos meio fechados em concha sobre a folha, para garantir sua limpidez. Não queria que nenhum fio de cabelo ou quem sabe algum cocô de nariz que minha outra mão, distraída, pudesse ter atirado ali maculasse o papel e as palavras. Ali começou minha lista de expressões que, só muito depois eu vim a saber, já existiam listadas em dicionários especializados, alguns autoproclamados TESOURO DA FRASEOLOGIA VERNÁCULA. Mas fui, assim mesmo, criando condições para que o poeta tivesse material à sua disposição quando decidisse criar. Escrevia o que ouvia, sem critério. Nas primeiras páginas estavam lançados:

    afogar-se num copo d'água;
    qual não seria sua surpresa!;
    o amor faz milagres;
    a honra é a única riqueza dos pobres;
    o amor é cego;

ler em minha alma como em um livro aberto;
cada um é o autor de sua própria vida;
a vida não é tão simples como parece;
a ocasião faz o ladrão;
a vida, em geral, não é senão a perda constante de toda soberania;
as falsas crenças levam ao desastre;
ato seguido;
bancar a criança;
derramar sal na mesa dá azar;
conhecer de vista;
se quiseres ser feliz não analises;
como se diz;
se as coisas são começadas, as coisas devem ser terminadas;
os homens desempregados são como leões enjaulados;
esgotar o cálice do prazer;
tem gente para tudo;
unindo a palavra à ação;
buscar água no cesto;
morrer de rir;
no que me diz respeito;
com efeito;
mas a coisa não era tão fácil como parecia;
em suma;
como se diz;
comer barriga;
para o homem comum, o inexplicável aparece sempre sob o aspecto da catástrofe;
discutir com viva paixão;
por um triz;
fazer-se de rogado;
 custe o que custar. Não há etcétera, porque minha lista

terminou justo aí. Junto com a minha carreira precoce de poeta, porque este poeta não sabia o que fazer com o tesouro da fraseologia que tinha nas mãos.

Levei quatorze anos para saber o que fazer com o tal caderno grosso em formato brochura. Ele me infernizou, durante os últimos quatro meses do ano, quando eu já havia desistido da minha lista — e, portanto, já não o utilizava como o caderno do poeta —, todas as segundas, terças e sextas-feiras, dias das aulas anotadas no cadernão. Aquilo me enfezava, porque era a prova concreta de minha incompetência poética. E ainda por cima tinha que tê-lo sempre sob a vista cuidadosa, arrumando desculpas pela negação do empréstimo de tão comprometedor objeto. Quando a professora tinha que dar visto em alguma lição, eu carregava o caderno até sua mesa segurando-o com as duas mãos brancas de tão apertadas, para não soltá-lo sob hipótese alguma, mesmo que sobreviesse algum tipo de desgraça e eu fosse de cara no chão. Quando o ano terminou e, graças a Deus, não sobraram muitas folhas em branco no caderno, senão eu teria que levá-lo para o ano seguinte, enfurnei-o no fundo de alguma gaveta do meu guarda-roupa, a prova indelével de minhas pretensões infantis.

O máximo que consegui fazer com aquelas expressões anotadas era cismar, à noite, a luz apagada, sobre certas situações. Ficava matutando se mamãe, um parente, qualquer um, à boca pequena — caso a história tivesse sido muito escabrosa e os adultos, como é seu costume, tratassem de referi-la entre os dentes quando houvesse crianças por perto —, ou alguém da minha idade, enfim, quem quer que fosse, já tivesse mencionado alguma morte provocada por excesso de riso. Minha contabilidade não me apontou ninguém. Em todo caso, dali por diante refreei gargalhadas que pudessem terminar em tragédia. Era melhor prevenir. Ou então ficava imaginando como é que algum idiota infeliz poderia se afogar em tão pouca água. Mas isso também não durou muito. Eu teria mais o que fazer em minhas noites escuras e solitárias. Porque um dia — e foi justamente o que me fez parar com essas divagações bestas de menino tonto sozinho à noite — eu descobri outra coisa.

Descobri a masturbação, que ainda não tinha nome nem esperma, só uma sensação esquisita mas boa, muito boa. Aprendi a fazer a minha música melosa depois que vi um tio meu, que eu via pouco, calção apertado na bunda, saliência irregular na frente, as coxas fortes, peludas, os pés bonitos, as unhas aparadinhas rente à carne, era a primeira vez que eu via um homem de pés cuidados, o torso nu, o fio de suor no meio das costas empapando o rego, os músculos enrijecidos, carregando para lá e para cá eu não lembro o quê. Vai ficar aí olhando ou vem ajudar? Nem uma coisa nem outra. Eu comecei a me sentir esquisito, formigava, esquentava, logo esfriava, o coração parecia que ia sair pela boca, achei melhor sumir dali, que eu sabia que aquilo que eu não sabia o que era não era boa coisa. Desapareci da frente do tio, mas com a sua visão me atordoando. Fui procurar abrigo e pela segunda vez descobri que precisava estar escondido para me saber abrigado. Acabei entrando na carvoeira, lugar negro e ainda por cima sem luz, abafado, que só fez piorar minha sensação. Foi na carvoeira que eu percebi, pela primeira vez, que o meu corpo tinha um centro de onde partia uma vibração assustadora, mas que eu não queria que desaparecesse. Não sabia o que fazer com o resto do corpo, pés, pernas, braços e mãos, mais a cabeça, tudo vibrava e convergia para aquele centro. Então dirigi a mão direita para aquele tal centro e ali me deparei, diante da imagem do meu tio, com o meu membrinho pequenininho grotescamente ereto e o toquei, sem saber como, e o segurei, sem saber como, e extraí dele o que só muito depois vim a saber que se chamava prazer e então soltei um gemido que não sabia bem o que era. Daí minhas pernas ficaram bambas, a cabeça ficou bamba, braços e mãos bambos, o meu membrinho pequenininho voltou a ficar pequenininho e a minha barriga, bem embaixo, ficou gozada por um tempo, até que eu fiquei bom de novo e saí da carvoeira. Meu tio me olhou com uma cara esquisita e nunca mais eu parei de pensar nele e na minha sensação na carvoeira. Também nunca mais parei de me masturbar. Esta foi, na verdade, depois da arte, minha segunda grande descoberta de algo que seria definitivo para o resto de minha vida.

A terceira descoberta, em série, seria a percepção da pobreza como condição da qual não poderia sair jamais. Vivíamos como miseráveis e eu, apesar de minha preferência pela frugalidade, sentia mais fome do que me era permitido comer. Foi quando arquitetei o roubo de uma banana obscenamente exposta

Oscar olha o reverso vazio da última folha de um maço de papéis amarelecidos e amarfanhados, que ele achou no fundo da acanhada gaveta de lenços, meias e cuecas, que não são tantas porque secam da noite para o dia. Papéis vagabundos, cobertos de linhas impressas sombreadas todas elas por sua letra miúda, só interrompidas, linhas impressas e letras miúdas, em seu perfeito paralelismo, por outro traço, bem mais fino, retorcido quase como um arabesco, fio de cabelo que inaugura a curva sobre a reta. Oscar apanha o fio de cabelo, joga-o no chão esfregando as pontas dos dedos e termina de amarrotar o papel pautado — antigo costume esse seu, o de pousar suas frases sobre linhas já existentes, perversamente convidativas a que se lhes deite por cima o que nem sempre deveria freqüentar esse leito núbil cheio de promessas insidiosas. Ele se deixou seduzir pelo ritmo cadenciado, sempre oferecido, das linhas libidinosas e cravou nelas uma presumida A Vida Como Ela É, ela mais que nada parte do passado. O papel pautado Oscar encarcerou no tempo pretérito, para não se deixar cair mais em tantas tentações. A novela autobiográfica ele não colocará jamais na pilha das onze obras concluídas, profilaticamente datilografadas e que esperam quietas, sobre o criado-mudo, por alguma mão redentora que lhes dê alento e voz. A novela autobiográfica amarelenta e arrugada voltará para o fundo da gaveta, para fingir que não saiu nunca do aconchego das roupas de baixo ásperas e puídas pelo sabão de sebo. Porque ela veio, assim sem-cerimônia, como quem não quer nada, mais do que lembrar, repisar a Oscar que entre a miséria pretérita e o presente miserável não se permite qualquer nódoa de misericórdia. O sangue purulento que sempre preenchera, dificultoso, suas veias morbosas, recusou a purificação não oferecida pelos tempos atuais. A carne fraca é a mesma, apenas crescida de novas mazelas. A míngua não precisou se atualizar, sempre atuante. Mudaram, no mapa, algumas geografias. Mas Oscar continua a arder lindamente no inferno de sempre e de toda parte.

 E, então, como o soldado que guarda a fortaleza no meio de um deserto sem a menor importância estratégica e que não sabe se certo pensamento lhe ocorreu há apenas um ou dois ou dez ou mil dias atrás, já que os dias são irremediavelmente iguais, saber-se condenado a fazer tudo igual todos os dias. Sair da cama e não trocar o *short*, apenas vestir a camisa de manga cavada e tecido furadinho e deixá-la para fora, porque senão sua ainda mais na cintura. Calçar as sandálias de dedo, sair com a cara amassada e o mau hálito não disfarçado para comprar um iogurte. O cigarro aceso e depois sentar defronte do papel almaço branco, que Oscar corta cuidadosamente com uma pequena faca sem serra (para não ferir o papel) sempre pousada do lado direito da mesa. Passar com cuidado o dorso dos dedos nodosos meio fechados em concha sobre a folha, para garantir sua limpidez. E garatujar a letra muidinha, ansiosa por dizer o que não sabe que irá dizer. Antes costumavam ser uma peça de teatro, alguns contos, às vezes de enfiada; uma alfinetada em quem achava ter o rei na barriga, um que outro romance. Depois, um poema, uma tradução urgente. Espremer-se em cada linha que risca o papel, mar quieto que assusta com seu silêncio. E calar-se de medo. Confrontar-se com o calor do ar parado, o forno que é a sala onde passa a manhã inteira escrevendo, e a brevidade do contato com o iogurte acetinado, branco como o papel e frio como a lâmina da faca. Mas em lugar do refrigério, a estreiteza dos limites que se rasgam apenas o suficiente para conter seu corpo magro e principalmente conter suas palavras.

À tarde jogar canastra e tomar chá em xícaras bicadas, os pires nem sempre combinando, com mulheres velhas e comezinhas da vizinhança. Oscar sempre leva algum que outro regalo para elas; chicletes, quase sempre. Porque assim elas mascam a goma mais do que falam, gralhas fechadas numa sala fedorenta, dois machos pequineses muitas vezes úmidos se roçando, indecentes, nas pernas guardadas sob a mesa, o olho remelento. Certos dias ganem por carinho. A goma incha dentro das bocas obsoletas, entre os poucos dentes decentes e a língua esbranquiçada, elas têm sempre algum problema digestivo, uma afta, que insistem em mostrar a Oscar e então, em vez de palavras, regurgitam arrotos edulcorados pelo tuti-fruti, que hortelã pinica. Oscar tem ainda que agüentar o chlec-chlec de todas as bocas velhas abertas mastigando, sem parar. Mas isso tudo é preferível ao que dizem. Para coroar a reunião, bicos barulhentos chupando de longe o chá quente para não se queimarem. É quando Oscar se despede, onde já se viu tomar chá com um calorão destes, só mesmo gente besta, mas elas se ofendem se ele não provar pelo menos um golinho com uma rodela de limão.

E à noite, não todas, às quartas-feiras, sair da casa fétida onde tiver jogado, ir até a estação com o corpo retesado, comprar o bilhete de segunda classe, esperar pelo trem que nem sempre honra os horários quebrados em dois ou três minutos, nunca horário de trem é hora ou meia-hora ou quarto-de-hora redondos. Chacoalhar por quarenta minutos, o corpo começando a doer, tomar o vento quente na cara, que nem à noite refresca nesta terra, descer do trem, passar pela casa do amigo só para comer uma fruta e apanhá-lo, esse rapazinho que quer ser poeta — talento tem, mas Oscar se irrita quando ele começa a querer explicar o sentido de seus poemas. Então diz ferozmente: Cale-se! O poema deve se explicar por si mesmo. Se não, não presta. O garoto cora, pede perdão ao Mestre, é assim que Oscar é tratado neste outro círculo. Esgueirar-se por algumas quadras poeirentas, as costas muito eretas, até chegar à porta da casa às escuras. Em cena de filme barato, o rapaz bate três ou quatro vezes na porta, Oscar nem se dá ao trabalho de prestar atenção nessas bobagens — ele tem que ironizar o próprio medo — e então, solene, para um cochicho que diz alguma coisa que apenas ele, o discípulo, escuta, responder: Pinga.

É a senha. Só dentro da casa, de uma mulher que também escreve poemas, é que Oscar solta a barriga, contraída dentro de uma camisa de tecido mais grosso, é o inferno, e colocada dentro das calças, ele não viaja de *short* porque é proibido subir em transporte público com indumentária imprópria. Solta a barriga porque retira de dentro da camisa dentro da calça algumas folhas dobradas de papel almaço branco escritas com letra miudinha. São seus últimos poemas, único gênero literário que lhe resta escrever, porque não ocupa espaço. (As traduções faz para viver, ele não dá a menor importância a esses escritos de terceira categoria que lhe passam para verter para o idioma pátrio.) Basta dobrar as poucas folhas e metê-las dentro da roupa para Oscar poder andar, hirto de medo, com sua mais recente produção literária. Sentar-se diante dos rostos conhecidos, que aumentam de semana para semana, há sempre alguém ainda interessado em poesia que se arrisca a uma reunião não autorizada. Ao entrar faz calarem todas as outras vozes, que reverenciam a sua, fraca, insegura, levemente aguda. Os silêncios aguardam pelos seus poemas, mas antes de lê-los Oscar pede à dona da casa o braseiro de todas as quartas. Não bastassem o calor, todas as respirações sem respiro — portas e janelas fechadas, não só as venezianas, também os vidros — ainda por cima o Mestre traz para o ambiente ferros e carvões em brasa e os coloca atrás de si.

    Só então começa. Sua voz sai forte, intensa, vibrante. Lê um poema, lê os poemas de uma página, lê todos os poemas da folha e então dobra-a seguindo a ordem das marcas do papel e pousa-a respeitosamente sobre os ferros. Recomeça a leitura tão logo os poemas anteriores tenham se consumido. O ritual a princípio indignou a platéia, que, afinal, acabou acedendo às condições impostas pelo Mestre. Além do mais, Oscar acha que não teria mesmo leitores para esses poemas, que jamais migrariam deste papel para outro, de sua caligrafia para a letra impressa. Já que serão mesmo destruídos caso saiam de suas mãos, que ao menos o sejam com reverência. (Esta é a versão do rapaz aspirante a poeta e que dizia a senha para que pudessem entrar na casa de Carilda, era este o nome da poeta que cedia a casa. Comenta, sobre o fato de Oscar levar os poemas escondidos dentro da roupa, que "agia como se traficasse drogas". O rapaz está um homem, exilou-se e hoje ensina literatura em uma grande Universidade. Tem já alguns livros publicados.) [Notório contra-revolucionário. Aos 25 anos, renegou a Pátria e seus triunfos. Participou da vergonhosa operação do Pôrto de Mariel. Refugiou-se e dedicou-se até sua morte (por grave enfermidade de natureza nao apurada) a trair os compatriotas.]

    (É a seguinte a versão de Oscar: "Todos estes poemas serão queimados. Mas antes darei a vocês a oportunidade de desfrutá-los e a mim a oportunidade de lê-los. Escreve-se para os outros. Isso é indiscutível. E toda escritura é uma vingança. Não posso ser uma exceção. Escrevo minha vingança e tenho que lê-la, se não a lesse seria como se não tivesse existido. Mas imediatamente depois tenho que queimar o lido. Não posso deixar provas de minha vingança, pois então uma vingança maior cairia sobre mim e me aniquilaria. Conformem-se com a sorte de escutar estes poemas uma só vez como eu me conformo com a minha, ainda mais terrível, de ter que escrevê-los, lê-los uma só vez e depois queimá-los.")

O escritor Oscar P., que só assinou como poeta o nome completo Oscar P.LL. — que na verdade tinha um y entre os dois sobrenomes, sinal de nobreza perdida junto com a letra e já esquecida por sua geração, ele mesmo só ficou sabendo disso depois de adulto, no enterro de um tio. O avô emigrara para a América, depois de ver o pai perder tudo nas guerras napoleônicas, a fim de fazer dinheiro e poder dar a pai e mãe enterros dignos. Casou-se aqui com uma mulher da terra, de sua nova categoria social, e tiveram filhos. A mulher novamente grávida, ele recebe uma carta da família: a mãe enlouquecera ao saber que o filho estava casado com uma negra e ainda por cima tinha filhos mulatinhos. Ele então juntou mulher grávida e filhos pequenos, todos brancos, embora de cabelos e olhos negros, a pele morena, comprou passagens da classe mais ordinária no navio mais ordinário que encontrou (o dinheiro era para a morte dos pais) e foi mostrar à mãe, louca irrecuperável, que aquilo não era verdade. Desincumbiu-se de sua obrigação filial e ganhou um filho estrangeiro. O escritor Oscar P., que assinou o nome completo uma única vez, quando editaram seu primeiro poema, está proibido de publicar seus escritos e está proibido de lê-los e está proibido de dizê-los de cor. Nem em seu próprio país, nem no exterior, sequer em casa ou na casa da amiga poeta, menos ainda no café.

Oscar sabe que não apenas os seus amigos sabem que ele continua a escrever e a ler seus poemas. Que ele continua a

a vingar-se. Porque às tertúlias das quartas-feiras não comparecem só amigos, embora os falsos se apresentem como autênticos. No entanto, os amigos acreditam ser conveniente franquear àqueles a entrada, para que relatem o que, de fato, se passa na casa de Carilda. Para que não se acredite que coisa pior do que poesia seja dita naquelas noites de quarta-feira. (Versão de outro escritor que freqüentava assiduamente as tertúlias. Este, no entanto, tinha preferência por lances dramáticos, coisa que obriga aos menos inflamados confirmarem suas informações, o que nem sempre é possível. Suicidou-se com um tiro, no exílio.)
[Êste escritor, e evadido da UMAP. Pederasta irrecuperável. Também participante do êxodo de Mariel. Morreu com o balaço, mas estava quase á morte, doente de peste gay.]

Sitiado pela estupidez da interdição legal, Oscar não tem saída. Ilhado por olhos e orelhas policialescos, que às vezes se disfarçam, insidiosos, Oscar não tem saída. Desta sua ilha da desaventurança, povoada de desaventurosos como ele e cercada de ignóbeis ignaros que, ao menor sinal de corpos inteligentes, dilaceram-nos até a morte, ninguém pode sair. Do rodamoinho que vem do olho dos ciclones, das tormentas, traições e inimizades, das intolerâncias e pré-julgamentos, ninguém pode sair. Oscar sente a água acre de agruras que o rodeia, onipresente tal qual um Deus liquefeito, como um cinturão que oprime seus rins, inchados no corpo magro que arrasta as ancas feitas duas âncoras, reminiscência de mar incrustada em suas carnes. Reminiscência que o impede de dormir, a cada noite, com o peso dos ferros em seus próprios costados, sequiosos aqueles por exceder os próprios limites, os ossos espetando sob a pele. Oscar não pode dormir confinado nas exíguas fronteiras aquosas impostas pelos humores, nas exíguas fronteiras consuetudinárias impostas pela lei. Não pode dormir porque não pode sair dali, as águas do mar e o mar de interdições são a sua barreira, para o mundo e para o sono e para o sonho. A frase: Ninguém pode sair!, mantra de sua impossibilidade, assusta Oscar como a cuca que vem na escuridão apavorar os pequenos. No calor úmido da noite Oscar mastiga seu medo dizendo a frase em voz alta, conjurando o assustador para expulsar o medo. E, em vez de catoliquerias, Oscar geme sua litania que soa, recorrente, repetida, sempre igual: Eu tenho medo, muito medo, muitíssimo medo. Na verdade creio que morro de medo. Sim, quase morto estou. Mas também estou certo de que se não fosse pelo medo não estaria quase morto, mas sim completamente morto. Quer dizer, teria me matado eu mesmo, porque o medo é a única coisa que nos mantém vivos. [Esta ladainha, foi transcrita pelo referido escritor suicida em um de seus últimos romances, segundo me informaram e pronunciada por um coelho que atravessa muito a cena, sempre falando do seu mêdo. Uma frase bem mais curta dêsse tipo já tinha sido pronunciada por Oscar pelo menos dez anos antes da sua interdição. Foi, numa das Reuniões da Biblioteca Nacional promovidas pela cupula do Partido, aonde foram convocados os intelectuais envolvidos no episódio de numero 451/68 que desagradou êste Departamento, realizadas em três sextas-feiras consecutivas, 16, 23, e 30 de junho e aonde haveria, "discussão dos aspectos da atividade cultural e dos problemas relacionados com as possibilidades de criação" dos artistas. Na primeira, o Presidente da República conclamou os participantes a falarem. Nenhum se moveu. O mais frouxo e sabidamente covarde — o escritor Oscar P., pediu a palavra e conforme depoimentos, disse: "Eu tenho mêdo, muito mêdo". Depois calou-se.]

Hoje emprega palavras quando sente muito próximo o hálito do medo. Houve um tempo em que conseguia enganá-lo, por pouco que fosse, cobrindo o corpo magro com o lençol, a cabeça inclusive. Suando, respirando a própria umidade em evaporação, Oscar acreditava que podia tapar o medo, ou tapar-se dele, já nem se lembra, com esse expediente francamente infantil.

O alívio era breve, mas suficiente para sentir-lhe o gosto, o corpo imóvel para não sumi-lo. Durou pouco tempo. Novas noites veladas, até industriar outro artifício. Consistia em afogar o medo nas mesmas águas que o engendravam, só que represadas por ele, Oscar, e em seus próprios domínios, a banheira da casa. Pelo menos dali, daquelas águas sem olhos nem ouvidos nem moréias ou tubarões, ele poderia sair quando quisesse, ou mesmo destampar o ralo e vê-las escorrer em rodamoinho. Mas as águas amigas minguaram e o medo de novo robusteceu, impiedoso contra sua carne macilenta sobre ossos raquíticos.

Chegou a recorrer à acreditada isenção de um desconhecido para saber se o medo lhe pertencia a ele, Oscar, e só a ele, com exclusividade. Um dia em que teve que sufocar na fila de uma repartição pública, camisa de mangas compridas, calças, meias e sapatos, porque é proibido entrar em repartição pública sem indumentária própria, parou depois diante de um engraxate, homem de meia-idade. Percebeu que teria que se sentar na cadeira em forma de trono e contratar seus serviços caso quisesse para si a atenção do senhor, em horário de trabalho. E então, de chofre, sem boas-tardes, introduções ou meandros ou rodeios, perguntou-lhe: O senhor tem medo? Medo de quê?, respondeu o outro. Medo, medo simplesmente. Mas ante o olhar embaçado do engraxate, Oscar achou melhor esperar pela conclusão do serviço em silêncio. Meio sem graça, o mesmo olhar inexpressivo ainda quis remendar: Acho que sim, quer dizer, claro, medo de morrer, quem é que não tem?

Oscar nunca tinha sido rondado por esse medo. Voltou para casa e escreveu um conto sobre um homem que pergunta a um engraxate se ele tem medo. Faz, juntamente com a pergunta, uma preleção sobre a teoria dos dois tipos de medo existentes. O medo de fora para dentro — o de perder um ente querido, de morrer, de uma desgraça meteorológica qualquer — e o outro, o mais temível: o de dentro para fora. Aquele que vive de nossa própria acidez, que se nutre de nossos gases, de nossa linfa. Aquele que está em toda parte, porque está conosco e somos nós mesmos. Aquele que é impossível abafar ou afogar. Descobrindo a bem-aventurança que só conhece o medo de fora para dentro, o homem volta então para casa e, resignado, põe na calçada a cama com todos os lençóis que já havia utilizado para cobrir seu medo e põe na calçada, lado a lado com a cama coberta de lençóis, a banheira que já havia utilizado para afogar seu medo e fica, ele mesmo, na calçada, lado a lado com a cama coberta de lençóis lado a lado com a banheira, à espera do lixeiro. Quando passa o caminhão do lixo o lixeiro põe sobre o veículo, com dificuldade, a cama coberta de lençóis e a banheira. Vai se afastar, a primeira marcha engrenada, quando o homem grita ao lixeiro já dentro do caminhão: E eu? Ah, mas o senhor tenha a gentileza de esperar por outro carro que passará para recolhê-lo no momento oportuno.

O homem do conto entra em casa com a resposta do lixeiro atravessada na garganta por tamanho atrevimento, senta-se à mesa da sala de jantar, pega lápis e papel almaço branco, corta-o com a faquinha sem serra que está à sua esquerda, passa com cuidado o dorso dos dedos nodosos meio fechados em concha sobre a folha, para garantir sua limpidez, e não escreve conto nenhum: apenas empareda — e para sempre, ao emperrar novos contos — o homem que conta, entre os edifícios de letras que ele próprio erigiu no papel. Edifícios sem portas ou desvãos, enfileirados um ao lado do outro, sem espaços nem pausas, que comprimem quem não pode sair em becos e vielas, indo e voltando para sempre, em sua própria armadilha. Porque rumina ele, o que conta, e não seu personagem, a resposta de outro homem construído apenas de letras, esse lixeiro literário. Deixa ecoar nos seus o que não é para os seus ouvidos: a espera pelo momento oportuno. Estar em um momento inoportuno. Ser inconveniente. Estar, mas contra todas as conveniências. Ser quando não deveria. E para sempre emparedado e com o próprio medo, agora sem cama com lençóis para cobri-lo ou banheira onde afogá-lo. O homem que conta foi traído por seu personagem, que não quis, ele mesmo, tornar-se outro homem que conta.

E com ele, Oscar. Oscar tem sua literatura e tem seu medo. Mas descobre, sem a piedade de seu narrador ou seus personagens, que sua literatura não serve de escudo para seu medo. E descobre-se, ainda, inoportuno, inconveniente. Oscar é um ser fora de si, que se apóia numa proteção que já não protege, como o náufrago à deriva que se agarra à salvação das próprias palavras quando são elas, as palavras, que o naufragam na voragem que ele próprio inventa, no rodamoinho que encrespa o mar mais que límpido, absolutamente branco e imóvel, mais que calmo, do papel almaço. Porque a geografia do poeta obriga-o a ser ilha rodeada de palavras profundas e traiçoeiras, nem sempre límpidas, e aonde chegam numerosos barcos lastreados de influxos, mazelas macilentas, angústias pavorosas, depois dispersados pela furiosa ressaca de suas costas. Porque entre viver e escrever jamais admitiu uma clara diferença; se vivendo consegue dissimular uma participação parcial em sua circunstância, por outro lado não pode negá-la no que escreve, já que precisamente escreve por não estar ou por estar pela metade. Escreve por falência, por descolocação. Fala, cala e queima por falência, por descolocação.

Não saber de que lado está do papel. Se dentro ou fora. Se é o ser de letras ou o que desenha as letras no papel. Ser personagem de si mesmo, ditar o próprio destino, escrever a sua vida. Escrever é seu vício, vício solitário, que, no máximo, brinda-o com a babosa melodia do padecimento. Se tivesse vivido em outros tempos, quando escrever significava machucar a pele do pergaminho para que a tinta ficasse para sempre lavrada naquela superfície porosa e já sem pêlos, macerada e caiada, teria substituído a pele das ovelhas pela sua própria, pele macilenta de cordeiro imolado pelas letras. Usaria primeiro o avesso dos braços, o esquerdo antes do direito, depois as coxas, desceria para as panturrilhas até as plantas dos pés, subiria novamente, passando pelas virilhas e baixo ventre, reservando sempre o tórax e depois o peito esquerdo e depois o mamilo esquerdo para a grande obra a ser tatuada pelo Grande Mestre, o escritor Oscar P. Ele seria o artífice a tatuar cuidadosamente no próprio corpo a própria história que se faria vívida à medida que fosse vivido seu lavrar. Oscar mira mãos, braços, peito, pernas e reconhece nas rugas de suas carnes descarnadas os antigos traçados dos escritos de outrora.

O narrador contempla-se a si mesmo, templo do verbo, esse maldito verbo que era no princípio, esse maldito verbo que estava com Deus, esse maldito verbo que era Deus. Todas as coisas foram feitas por ele: e nada do que foi feito, foi feito sem ele. Nele estava a vida e a vida era a luz dos homens: e a luz resplandece nas trevas, mas as trevas não a compreenderam. Porque esse maldito templo do verbo tem, por sopro vital, ossos, sangue, linfa, mucosas, secreções, visgos, cartilagens, tecidos queratinizados, tecidos adiposos, sua capacidade vital, enfim, composta de letras, espaços em branco, sinais gráficos, reticências, pausas, emissões. Fonemas, monemas, palavras, frases, períodos, parágrafos, laudas. Mesmo que não leve a sério a história de Deus, ainda assim o narrador é fruto do verbo e o verbo era no princípio e todas as coisas foram feitas por ele, o verbo, e nada do que foi feito foi feito sem ele, o verbo. Olha para seu corpo e reconhece — como reconhece Oscar nas rugas de suas carnes descarnadas os antigos traçados dos escritos de outrora — que o verbo se lhe esvai à medida que é conjugado, declamado, declinado, em constante declínio. Porque a cada emissão o verbo se esvai, gotejante, em espasmos furiosos ou mesmo em imponente trote, seguro e contínuo, sem possibilidade de se regenerar. Porque no verbo estava a vida e a vida era a luz dos homens: e a luz resplandece nas trevas, mas as trevas não a compreenderam. O verbo é então condenado a se esvair, sem poder se regenerar, já que carece de compreensão.

 Suspiro profundo. Uma mão passa com cuidado o dorso dos dedos nodosos meio fechados em concha sobre a folha, para garantir sua limpidez.

 E houve outro tempo, ainda mais rudimentar e não tão pretérito, porém anterior à palavra escrita, em que Oscar se deixou atrair — para ser depois devidamente traído — pela própria palavra falada. Deixou-se enlevar por sua viva voz que nunca foi maviosa nem cantante mas, isto sim, encantatória, e perdeu a noção das coisas. Deixou escapar no ar, em invisíveis anéis concêntricos, as rédeas de seu destino. Porque as palavras que lhe saíam da boca tomavam não os rumos que ele tanto havia ansiado e ensaiado na solidão, mas eram senhoras de si, alforriadas por aquela cara embasbacada com o próprio dito. E elas, as palavras, tinhosas, sem qualquer comiseração por esse pobre-diabo que lhes desconhecia o alcance — e principalmente o poder —, urdiram com sua saliva a teia ardilosa que o reteria por algum tempo mais na insuportável suspensão do que estava por vir.

 No dia em que Oscar resolveu trocar de vida e mudar-se da casa do pai e transferir-se para a capital resolveu também converter o Paraíso infernal em que vivia. Ele, triste presa do Senhor, sentenciou o fim de sua virginal atividade masturbatória, que só servia naquele então para mascarar suas verdadeiras tenções. Abandonou-se a endiabrados devaneios: Oh, supremo instante em que o anjo o atiraria para o vale de lágrimas! Ansiou que o demônio ansiasse pela própria parte e prometeu-lhe fazer a sua.

Acabou finalmente arribando-se na carroceria de um caminhão da empresa de correios e telégrafos que, em lugar das notícias, carregava pacotes já noticiados. Oscar e outros dois ou três migrantes recém-conhecidos, todos porém com algum grau de proximidade com o chofer, já que viajar de carona em veículos governamentais é crime, chacoalhavam, batiam-se, eram cuspidos contra as paredes como qualquer outro volume transportado. E naquele forno metálico que reverberava ainda mais o ardor meteorológico Oscar imaginava sua nova vida. Repassava o que lhe haviam passado sobre a nova terra. Projetava as proezas prometidas, que tomariam, de uma vez por todas, o lugar de sua babosa melodia, entoada com uma só mão e com não muitas variações sobre o tema da carvoeira da meninice ou sua versão atualizada, o peitão estourando a camisa de meia do chofer de ônibus, esta tão incestuosa quanto os pés cuidados do tio. Imaginava que sua fortuna estava ali com ele, no mesmo veículo em que viajavam homens volumosos e, epifania de seu estado, no mesmo caminhão que levava objetos tão ansiados por antecedência. Oscar entre outros de sua condição e todos entre volumes do correio, a carga do caminhão se resumia a dádivas. Mas o que de fato estava com Oscar naquela viagem era a sovinice de seu verbo.

Depois de horas dentro daquela fornalha viageira, desceram os celebrantes do ofício que, todos sabiam, era iminente. Disseram querer amainar a quentura, mas a ardência de cada um não dissipou. Afastaram-se um pouco da estrada, encontraram uma paisagem arcádica, aninhada de quem passava apressado e onde, no entanto, a brisa amena jamais se fez sentir. Como pastores amorosos, recostados sobre os cotovelos, tratavam todos de suas tensões, com muito tento e tato. Falavam sobre o que Oscar sempre quis, preparando a promessa de aprimorado banquete de oferendas. Sem pressa, foram os outros, mais experientes, traçando a trama de palavras, tênues mas tersas, onde o neófito finalmente iria conhecer os requintes e nuanças de ardores bem urdidos.

    Foi quando resolveu que também ele falaria. Firme, seguro, rijo, sem balbucio. Utilizou a destreza que tinha para empunhar o verbo e lançou-o, em aguilhoantes chicotadas, desarmando cada um dos partícipes do banquete que jamais se realizou ali no verdor da paisagem livresca. Destroçando as ambigüidades que planavam no ar parado, como línguas de fogo sobre cada uma das cabeças, Oscar, contrariando desejos e fantasias prestes a se realizar, recuou ao seio do pavor e contou, de uma única golfada, todas as experiências eróticas que não tivera com nenhuma das mulheres que relacionou. A ponto de provar do conhecimento, de ser finalmente expulso do paraíso, Oscar foi traído pelo verbo. A viagem continuou sem outras pausas até seu destino. Oscar continuou entoando sua música na nova terra, mera micagem da terra prometida.

    Oscar foi introduzido, é bem verdade, em sofisticações onanistas com as quais nem sonhava na Província. Devidamente matriculado na Faculdade de Filosofia, Ciências e Letras, reconhecia com facilidade seus pares, que tinham Dorian Gray na cabeceira e os olhos revirando à simples menção de autores ou obras ou estéticas. Fez parte de uma brilhante fornada de invertidos líricos, com quem freqüentava renomados salões literários, esmeradamente decorados com objetos antigos, todos catalogados, e cujo ponto alto eram as sessões de declamação de poemas alheios enquanto as mãos do recitador de turno e da audiência extraíam música de seus próprios membros, sem, contudo, haver comércio entre os corpos e as mãos participantes. (Tal informação — carregada de senso comum, que aqui se procurou manter inalterado — foi recentemente descoberta por um familiar de Oscar P. em um maço de notas do poeta. É estranho que tal material, valiosíssimo, não tenha chegado às mãos de nenhum editor ou articulista enquanto seu teor circula oralmente, e à guisa de comentários mais ou menos pitorescos, entre grupos não tão próximos do Mestre. Há quem diga que Oscar foi ainda mais longe em seu sarcasmo — e, em certos casos, no mesmo senso comum — afirmando que o curso de Letras é covil de homossexuais, seres, aliás, caracterizados sem exceção por sua infinita frivolidade; que passou todo o tempo de faculdade colando nas provas, sem que isso demonstrasse qualquer sinal de rebeldia; que sua leitura durante tal período se resumiu ao *Tesouro da Juventude*; que redigiu tese de graduação sobre uma importante poeta do século XIX, mas que se recusou a defendê-la ante o que ele chamava "um bando de burros", seus examinadores. E houve quem afirmasse, sem contudo apontar a fonte, que Oscar estaria reunindo material para suas memórias, intituladas "A Vida Como Ela É".)

Mas era tanto seu querer que Oscar extirpou, um belo dia, seu selo virginal. Postou-se na beirada do precipício, borda extrema dos páramos paradisíacos — e derrubou-se. Caiu vertiginosamente, sem pára-quedas nem arrego. A caída nas aneladas profundezas das profundas, cadenciada pelo ritmo do esfíncter arreganhando-se oferecido, trepanou as promessas em prolapso. Com o conhecimento frutificando, visguento e morno, nas entranhas e logo escorrendo, alvo, da antecâmara do alvado, o rego roxo, Oscar não encontrou nenhum portal alvissareiro das esperanças perdidas. Porque finalmente ganhava o Inferno. E não houve mão da Providência que amparasse este filho caído, temerosa da cusparada que ele lhe havia prometido em caso de intromissão. E as mãos amigas foram cerceadas em suas intenções de livrá-lo não da fúria divina, mas do furor legal que arresta seus cidadãos pederastas e também os proxenetas e ainda as prostitutas.

O verbo do Mestre Oscar P., que se entrelaçava e se deixava perder nos vapores desprendidos pelos humores em êxtase, foi furiosamente arrancado de suas carícias por outro, grosseirão, cheio de esporas e vergalhas, concebido pela autoridade em ira, inspirado pela Musa da Intolerância. O verbo do Mestre Oscar P., liquefeito pelos excessos dos fluidos desgovernados, teve que dobrar a cerviz à fúria da soldadesca enlevada pela aliteração proliferante da letra P: P de Pederasta, P de Proxeneta e P de Prostituta. P de Proibição.

[Exatos três mêses e onze dias após a realização da última Reunião da Biblioteca Nacional onde, houve, "discussão dos aspectos da atividade cultural e dos problemas relacionados com as possibilidades de criação" dos artistas e quando Oscar, declarou públicamente seu mêdo, no dia onze de outubro daquêle mesmo ano, uma sexta-feira, têve início, precisamente ás vinte e duas horas a Noite dos Três Pês. Medida corretiva, concebida por este recém-criado Ministério do Interior a Noite dos Três Pês foi uma ação policial saneadora que objetivava, a prisão sumária dos pederastas, dos proxenetas e das prostitutas, cidadãos que tiveram a sorte decidida pelo bem treinado ôlho da milícia. Ocorreu inicialmente em um raio de dois kilômetros a partir do mais tradicional reduto de prostituição da capital do país. Oscar, vivia à trinta quilômetros do núcleo inicial, razão pela qual só seria prêso na manhã seguinte quando saiu cêdo de casa, o cabelo grudado no couro cabeludo, a cara, ainda amassada o mau-hálito, não disfarçado pelo cigarro, para comprar um iogurte, trajando camisa de manga cavada e tecido furadinho por fora do *short*, e sandália de dedo — traje decadente, notório dos contra-revolucionários.]

O Mestre Oscar P. foi encarcerado, em meio aos Pês de Proxenetas e Prostitutas, despido, entre Pês, de suas roupas decadentes, desnudado de sua compostura, obrigado a banhar-se, escondendo as partes dos demais Pês, descontaminado de piolhos e psoríase como os outros Pês e obrigado a vestir o uniforme da prisão, desamorosamente bordado com a letra

P de Pederasta, da mesma forma que vestiram o uniforme desamorosamente bordado com a letra **P** os Proxenetas e da mesma forma que vestiram o uniforme desamorosamente bordado com a letra **P** as Prostitutas.

O Mestre Oscar P. foi formalmente acusado de crimes políticos e morais. Mas as mãos amigas, noticiadas impotentes contra a militância da intransigência intolerante, venceram os nós cegos das amarras e mordaças e labutaram, diligentes e vitoriosas, pela liberdade de Oscar. (Há cerca de uma centúria de dedos que demanda a autoria de tal façanha. Quase todos os que já escreveram sobre o episódio requerem para si pelo menos uma parcela da responsabilidade. Outros poucos, mais discretos, são unânimes em afirmar que quem conseguiu arrancar Oscar do presídio foi a então esposa de líder governista responsável pelo *apparat* cultural do país, a qual viveu, mais tarde, em prisão domiciliar por quinze anos.)

Ao retornar a casa, por fim despido do uniforme da prisão, desnudado da letra **P** acusadora, saneado do limo dos muros penitenciais, Oscar foi impedido de entrar por um simples papel que lhe cerceava a passagem pelas vias legais. O Mestre teria que pedir permissão a não se sabe que funcionariozinho esquecido atrás de algum balcão de madeira ordinária, já ensebada de tantas histórias tristes, enfurnado num canto mal-iluminado de qual repartição não mencionada no ofício colado sobre o batente e a porta, para que ele lhe permitisse retornar a seu estatuto de cidadão residente e domiciliado. Porque a retirada pura e simples do lacre, através do prosaico emprego da unha crescida do interessado, constitui crime inapelável.

Retirado o selo pela autoridade competente, Oscar deu início imediato ao trabalho de rescaldo. Antes de inventariar o que faltava, buscou, furtivamente, pelo que ficara e poderia ocasionar novo episódio sinistro. As camisas de cores mais ímpares; cromos, onde casais de homens seminus se abraçavam em êxtase, displicentemente olvidados pelos policiais; uma que outra bugiganga que poderia fazer parte do rol de objetos de uso pessoal inaceitável. Os poucos livros de sua estante — bem, estes Oscar se recusava a expurgar. Mas os seus, livros originais ainda em estado probatório, que ele ia pouco a pouco passando aos amigos para saber-lhes a opinião, estes originais, todos concluídos e em número de onze, profilaticamente datilografados e que esperavam quietos, sobre o criado-mudo, por alguma mão redentora que lhes desse alento e voz, estes todos foram arrestados pela polícia.

E não houve citações, não houve ofícios nem intimações nem notificações. Só silêncio. As autoridades calaram vozes quietas, humildes, que jamais se ergueram para quem não fosse íntimo do Mestre e a seu mando. E permaneceram, as próprias autoridades, absolutamente emudecidas, assentando cada sílaba que não pronunciaram sobre cada fôlego não tomado, argamassando-os com todas as pausas que não fizeram, até completarem a esmerada construção da torre do terror mais pestilento onde Oscar jamais tivesse sido confinado. Dentro deste limite angusto e angustiante de onde ninguém poderia sair e onde o silêncio era senhor Oscar matutava, sem fazer o menor ruído, onde teriam ido parar seus originais. Imaginava os imundos edifícios subterrâneos aonde teriam sido conduzidos pela polícia especial e onde aguardariam sua vez, promiscuamente empilhados em meio a outros originais de outros autores, em cantos escusos, sobre o chão empestado de pragas e debaixo de goteiras, mofados por infiltrações insidiosas. Sabia que seus papéis ficariam aí até que finalmente alguma mão grosseira — daquelas que desconhecem o carinho e o respeito e o fetichismo pelas páginas escritas; que se molham no cuspe de beiços gosmentos para separar ruidosamente uma folha da outra, maculando cada uma delas com a nódoa da saliva impudica — os catasse desrespeitosamente e lhes lançasse em cima a luz lancinante que finalmente os faria falar.

Falariam certamente, covardes e temerosos, como seu Mestre, de algum mal maior. Latigados pelas ameaças cuspidas junto com o cuspe gosmento dos beiços assustadores que repetiam que dali ninguém poderia sair, ninguém poderia sair, ninguém poderia sair!, sujeitados por mãos desacostumadas à leitura como ato de prazer, fariscados por olhares treinados para encontrar o que quer que lhes fosse ordenado, seus papéis começariam mussitando a litania tantas vezes ouvida da voz e da pena do Mestre — Eu tenho medo, muito medo, muitíssimo medo, etc. Mas não era isso que seus verdugos desejavam ouvir. Não era pela voz reproduzida de seu Mestre, mas pelas vozes que já não eram mais dele que estes algozes se inquietavam. Então, daqui e dali foram ouvidos em sussurro os vozerios de todos os personagens e narradores daqueles onze livros, tão incompreensíveis como grasnar de patos ao longe em dia de vento contra. Até que surgiu, límpida, a primeira frase dita pelo narrador do primeiro conto, que dizia o que aquelas mãos e aqueles olhares e aquelas bocas não esperavam ouvir. Tomou-lhe logo a palavra a voz arrastada de uma mãe que perdera marido ou filho, para os interrogadores tanto fazia, porque tampouco lhes interessou tal lamúria feminil. E assim a voz do senhor Ansaldo em praça pública, igual a todas as vozes de políticos em palanque; forte, bem articulada, um pouco anasalada, espichando certas sílabas para ter certeza de ser acompanhada e até compreendida pela multidão. Mas ensinava a cada um dos presentes, inquietos com a falta de carne que castigava a cidade, como cortar um belo filé da própria nádega esquerda. E isso uma e outra e ainda outra vez mais até que todas as vozes de todos os onze livros impacientaram por completo os leitores profissionais.

Mas o que esses funcionários públicos não sabiam é que todas as vozes mentadas por Oscar estavam ali falando rigorosamente todas as suas falas e seguindo com minúcia as rubricas do Mestre. Não sonegavam ou adulteravam ou embaçavam seu texto, e nesta sua atitude não havia qualquer intenção de resistência ou transgressão. Porque se é que tivesse havido alguma intenção inicial transgressora, ou mesmo de resistência, Oscar, obediente a sua retórica, já teria submetido tal orientação ideológica a tantas e sucessivas passagens pelo filtro da depuração que ela só seria reconhecida pelos *happy few*, entre os quais certamente não estariam esses leitores a soldo.

Impotentes e irritados com aquelas vozes que não lhes ensinavam a senha de que seus senhores desejavam assenhorear-se, exaustos com a mesma lengalenga literária que jamais daria acesso à sentença pré-julgada por seus superiores, os censores decidiram então amordaçar de uma vez aquelas bocas que nada diziam. Tomaram, um a um, os originais, empacotaram-nos em papel pardo ordinário, amarraram-lhes barbantes de lá para cá e daqui para lá que terminavam seus volteios não em laços que seriam facilmente desatados por dedos curiosos, mas em nós, de uma, de duas e até de três laçadas, que jamais cederiam pela ação do tempo ou do transporte ou do acaso. Não lhes colocaram nenhuma etiqueta, não os identificaram com nenhuma marca ou código ou mesmo uma garatuja. E para dificultar ainda mais alguma ação futura de salvamento, distribuíram pelas pilhas de outros papéis cegados estes papéis calados, ponteando, sem saber, a trilha que os carrascos de Osíris percorreram ao longo do Nilo, enterrando aqui e ali os pedaços de seu corpo esquartejado.

Oscar jamais soube se alguma amorosa Ísis surgiria no remoto tempo do futuro do pretérito para reconstituir o cadáver descomposto do marido amado, sua obra inédita.

Por via das dúvidas, Oscar decidiu, em seu retiro silente e

solitário, enclaustrado na torre cujas paredes eram seus pensamentos, o teto, terrores e as janelas, abismos, no inferno que ele construiu para si mesmo, reescrever seu tempo anterior. O cigarro aceso, sentou-se defronte do papel almaço branco, que cortou cuidadosamente com uma pequena faca sem serra (para não ferir o papel) sempre pousada do lado direito da mesa. Passou com cuidado o dorso dos dedos nodosos meio fechados em concha sobre a folha, para garantir sua limpidez. E desenhou a letra miudinha que dizia:

E eis que um dia o poeta Oscar P. decidiria ser senhor de sua própria história. Condenado à insônia e ao medo e ao desassossego calorento porque seus pais o teriam sentenciado para sempre, antes mesmo de concebê-lo, a ser ilhéu em uma ilha desgraçada, olho de todas as tormentas, cercada de tubarões e de onde ninguém jamais pudesse sair, porque sua mãe o teria parido em uma porção de terra cercada de água por todos os lados, regaço morno onde teria acalentado o menino que se teria agarrado às suas tetas sempre prontas a prestar-lhe alento e alimento sob a cálida sombra de uma palmeira, balançando-se no frescor da palhinha indiana escurecida porém intacta, ao ritmo do vento e das canções entoadas para que o pequeno adormecesse feliz. Condenado a ser parte do cromo colorido com as cores certas, escolhidas a dedo, cores quentes e primárias, que embalaram as noites não dormidas no balanço do Mar Oceano e que ajudaram a empurrar o avô para a terra onde teriam estado os prometidos cavalos de pêlo preto impecável, os penachos brancos afofados, os coches de verniz negro recém-envernizado, as fitas de listras brancas e pretas, as guirlandas, as librés engomadas, de peito completamente alvo e duro, prontos para o enterro de seus pais. Condenado, Oscar escreveria novas sentenças, novas frases, novos períodos.

Na calmaria do papel branco o Mestre Oscar embarcaria no mesmo *paquebot* que trouxera o grão de sua história para esta ilha, e, como o antepassado, percorreria, um a um, os cromos espalhados pelo convés com as promessas das novas terras a serem visitadas. Descartaria todas as figuras coradas com a quentura do ouro e vermelho e roxo dos crepúsculos anunciadores de outro dia assoleado, cujo pôr-do-sol teria de novo tons de ouro, vermelho e roxo. Escolheria nuanças claras mas aveludadas. Abriria toda a extensão do mapa-múndi emprestado de algum marujo, alisando cuidadoso as dobras do papel puído, umedecidas de sal, em busca dos lumes e refrigérios de outras latitudes. Leria os nomes dos países, condados, cidades, mares e rios, os ouvidos prontos para serem seduzidos pelas sonoridades promissoras. Diria em voz alta alguns deles, para sentir-lhes o efeito. E em meio à vertigem dos nomes impronunciáveis, preferiria o conforto e a segurança dos contornos conhecidos das carnes aconchegantes da língua mãe. E gostaria de sentir a terra para sempre contínua em seus planos continuados, sem acidentes de relevo que pudessem esconder a sensação insidiosa da terra finita, por todos os lados cercada. E apreciaria os argênteos reflexos desse céu nessa terra, e vice-versa, e desses céus e terras em suas águas doces, claras, crescidas, cristalinas, da cor da prata. E gozaria de seu clima ameno, um outono suave, de folhas amarelecidas, o céu celeste sem nuvens, a brisa friinha que iria, à sua passagem, colorindo as maçãs dos rostos todas em tons róseos.

E quando o assunto da partida de Oscar já tivesse sido suficientemente levado e trazido por uns e outros, tendo-se transformado já em matéria de enfado para os ouvintes, quando a irmã já tivesse parado de choramingar e o cunhado, parado de olhá-la de esguelha com visível irritação, quando, Marina receberia uma carta sua. Diria assim (já que as cartas têm uma razão de ser; uma razão de ser ridícula. São utilizadas no tratamento e esclarecimento dos assuntos sérios, tão risonhos e risíveis que elas, as pobres tão serviçais, evitam que morramos de rir como sucedera a um gigante italiano. Porque quão perigoso não seria contemplarmo-nos frente a frente e acometidos de riso!):

Local e data
Querida Marina — e a introdução de praxe.
Viajei oito dias e nove noites nos porões infectos da terceira classe do único navio em que me era acessível embarcar. Enjoava com o jogo das ondas batidas, mareava com a comida oleosa que não conseguia comer, sentia engulhos com os outros vomitando nas camas ao lado. Perdi alguns de meus já parcos quilos. (Pesquisa recente sobre a época vivida por Oscar no exílio, ainda inédita, mas elogiada nos meios acadêmicos, revela que tal percurso foi, na verdade, aéreo. O vôo de Oscar atravessou três dias inteiros, incluindo-se aí um pernoite e duas escalas.)
Até que cheguei à cidade onde irei me fixar por longuíssimos, desde já intermináveis doze anos. Uma pessoa leu com lentidão as linhas da palma de minha mão esquerda enquanto durou a viagem, em sucessivas sessões para que tivesse oportunidade de recitar sem receio todas as ambigüidades e encruzilhadas desta história que eu não escrevi. Revelou-me o período total de minha estância nestas planícies; que farei uma viagem; que voltarei duas vezes a casa antes do retorno definitivo; que receberei uma carta; que viverei diferentemente três etapas: na primeira serei empregado administrativo do consulado, depois bolsista da co-

missão nacional de cultura e, na terceira, correspondente de importante revista pátria. Que a economia da primeira fase será irrisória; a da segunda, saneada; e a da terceira, aliviada.

Que escreverei meu primeiro romance e que o farei com fios de minha própria carne, assim está escrito nos sulcos da palma de minha mão esquerda. Escreverei meu primeiro romance com fios de minha própria carne, carne maltratada e, além disto, plena de sobressalto, angústia e melancolia. Que estarei cansado, doente, enojado. Que escreverei este livro durante dias inteiros, meses, enfim, dois anos de mãos à obra, carecendo do mais elementar, submergido na deletéria indiferença de meus compatriotas, arrastando-me pelas ruas planas da cidade, vivendo em um quarto e em uma promiscuidade abaladora; levado pelas águas do destino a trabalhar com outros compatriotas não menos odiosos que os deixados aí em casa; suplicando, abatendo-me, prostrando-me, clamando, dissimulando, sufocando-me, aqui sorrisos, ali sorrisos, dez metros mais longe sorrisos, fingindo-me de tonto com os tontos, o imbecil com os imbecis. E o que mais me importará depois de atravessar esta selva? O êxito do livro? A pessoa que leu as linhas da palma de minha mão esquerda gargalhou perante o êxito de meu primeiro romance. Traduzido a idioma estrangeiro? Prosseguiu em convulsas gargalhadas. Dinheiro? As gargalhadas a sufocaram. Os misteriosos sinais de glória *in excelsis Deo* prodigalizadas pelos *happy few* como diria Stendhal? Gargalhadas homéricas. Meu outro eu me assegurando que serei então um dos eleitos? Gargalhadas e mais gargalhadas.

Pano rápido.

É ainda outono, segundo me disseram, mas tirito de frio abrigado unicamente com aquele casaco de lãzinha grosseira que mamãe tricotou para você como presente imprestável de aniversário. Você saiu de casa quando casou mas ficou o casaquinho, ainda sem suas formas impressas e já cheirando a mofo. Por isso achei que você não se importaria que eu o trouxesse comigo para o exílio.

Semana passada fiz uma viagem que me levou o domingo inteiro, entre ida e volta.

Comecei o trabalho no consulado. Recebo parcos, pouquíssimos quinze dólares mensais, mas isso não é o pior. (O leitor levará em conta que tal quantia, hoje irrisória, na época era apenas extremamente baixa, ou seja, o que se pagava amiúde a um pequeno funcionário de consulado que não figurava nos quadros da diplomacia.) O terrível é o que se espera de um burocratazinho que nem pretende fazer carreira diplomática, mas que é olhado de esguelha pelos carreiristas. Adular, sempre, os superiores hierárquicos, embora sejam eles, em sua maioria, o que há de último na pretensa escala humana. Ser cordial, sempre, com os compatriotas nem sempre gentis ou mesmo educados que procuram algum tipo de ajuda de seu país fora dele. Sorrir, sempre e usar gravata, sempre (mesmo de longe, nossa lei esbraveja que trabalhar em repartição pública sem gravata é proibido), por mais disforme e ensebada que ela seja — a minha me foi deixada, como legado, largada na gaveta do funcionário que substituo, talvez ele mesmo um feliz aquinhoado, pelo colega anterior, da mesma prenda. Ela contraria completamente as duas ou três últimas tendências em matéria de gravatas, conforme pude observar folheando antigas revistas de atualidades.

Recebi uma carta.

Apesar do que dizem os manuais de geografia climática que andei folheando para saber reconhecer, o dia de amanhã, os sinais de cada estação do ano, aqui tão bem demarcadas, e que aí só conhecíamos do cinema e das raras revistas estrangeiras, tem chovido bastante neste outono. Contrariando as anunciadas águas prateadas, a chuva promove enchentes de águas barrosas cujas ondas que vêm e vão formam tiotados, drapeados e plissados rumorosos enquanto penetram as casas, as repartições e as gretas entre os dedos do pé, imprimindo em filigrana sépia afluentes que refluem recíprocos, que são também árvores delicadamente desfolhadas, ou mesmo céu raiado em noite escura de tempestade. E não há como evitar. Qualquer alteração no passo que começa com o calcanhar pousando firme no chão antes da planta do pé e esta, espalmada por inteiro, até chegar a vez dos artelhos espalhados, enquanto já calcanhar e planta, nesta ordem, começam a levantar-se para dar a vez ao outro pé representa risco certo, em geral produzindo deslizamento. Os sapatos são então obrigados a afundar pelas lamas caudalosas até se afogarem, cegos, para que o equilíbrio dos pés e pernas e tronco e os outros membros e cabeça não fique comprometido. Só quando chego ao quarto é que vou tirar sapatos e meias coloreados de lodo (porque no consulado os pés devem ficar obrigatoriamente calçados todo o tempo), lavar os pés gelados, insistir na limpeza das rachaduras encardidas onde crescem fungos velados pela escuridão entre os dedos encavalados, lavar as meias e os sapatos e deixá-los secar até quando der. Na manhã seguinte, calçar as meias lavadas dois dias antes, mas se estiver chovendo muito elas não terão secado, e ainda por cima saber que ficarão o dia inteiro com cheiro de morrinha, e preparar uma palmilha com folhas de jornal para, pelo menos por poucas horas, alijar o contato dos pés já umedecidos pelas meias molhadas com a sola de couro que levará dias inteiros de sol até que seque e vergue, para então, perdida a forma do pé, criar-lhe nova coreografia de bolhas.

Comecei uma lista do enxoval que este oxalá nunca núbil exilado necessita para enfrentar os próximos doze invernos — que para mim se antecipam sem cerimônia até quase lindar com o próprio verão. Está em ordem alfabética:

1 cachecol de lã, que aqui eles dizem angorá;

1 casaco forrado, gola alta, que me venha pelo menos até os joelhos, de preferência impermeável e de segunda mão;

1 chapéu de feltro;

3 ou 4 (no mínimo) mudas de ceroulas, camisas de fundo e meias de lã, que aqui não secam da noite para o dia;

1 par de luvas forradas;

etc. À medida que meu conhecimento meteorológico for avançando, avançarei eu também em minha lista.

E a vida é difícil. Ainda por cima tenho que economizar os quinze dólares para honrar o quanto antes minhas necessidades — as mais ínfimas e íntimas — de sobrevivência. Tratei de fazer por aqui, como sempre foi meu hábito em casa, refeições ligeiras, mas com o frio infestando meu corpo fraco, vejo-me obrigado a comer mais do que gostaria. Em conseqüência, a gastar igualmente mais.

A comida é boa. As folhas de alface são todas pequeninas, e são macias e adocicadas, não apenas os brotos; e os tomates, sem qualquer acidez, e sua cor contraria o adjetivo vermelho-tomate, pois seu vermelho beira o cereja; o espinafre, ao contrário da extrema adstringência do nosso, é aveludado. O agrião é voluptuoso em sua redondez; a chicória, eriçada. As frutas de cores mais interessantes, que por aí costumavam ter minha preferência, aqui são todas importadas, e ainda por cima aguadas e cheias de grumos em suas carnes. Leite e derivados têm boa fama mesmo entre os países vizinhos.

Costumo passar à noite, ao sair da repartição e já livre da gravata ensebada, que sequer carrego para casa, pelo Bar Rex. Tomo um café, nada mais, o suficiente para não comprometer minhas finanças. Mas permaneço perambulando pelas mesas do bar mesmo sem a desculpa da xícara de café a ser compartilhada. Porque se sentam a essas mesas nem sempre prodigiosas em bebida e comida — ou apenas revoluteiam como eu — os escritores da vizinhança, pródiga — por seus preços — nessa gente das letras, com quem não tenho que suplicar, abater-me, prostrar-me, clamar, dissimular, sufocar-me, fingir-me tonto ou fingir-me imbecil; adular, ser cordial e sorrir. Passeio com a liberdade de um pião sobre os losangos escorregadios de granito branco e preto, gelados já nesta estação do ano que não é o inverno. Debruço-me sobre certos ombros, volteio o pescoço para alguns rostos, aceno, às vezes dou um giro completo ao redor de meu próprio corpo, raramente me sento. Este passo de bailarina solitária de caixinha de música dura enquanto dura minha expectativa de topar com o rosto avermelhado, olhos azuis e cabelos quase brancos do escritor polonês Witold G. Ele veio para cá na viagem inaugural de um navio que zarpou do Mar Báltico, em direção a estes mares do sul, fazendo parada em vários portos por onde passou, para retornar em seguida ao ponto inicial, arremedo elegante das linhas circulares de ônibus de que costumamos nos servir por aí. A companhia de navegação usou esta primeira viagem, promocional, para determinar o caráter do transatlântico, definido — sem qualquer originalidade — como o reduto de festas incessantes, freqüentadas por pessoas de bom-gosto e abrilhantadas por artistas da moda. Witold G. não recusou o convite, embora tivesse que, incessantemente, suplicar, abater-se, prostrar-se, clamar, dissimular, sufocar-se, aqui sorrisos, ali sorrisos, dez metros mais longe sorrisos, fingir-se de tonto com os tontos, o imbecil com os imbecis, adular e ser cordial. E quis o destino que, quando o navio estivesse fazendo sua parada de três semanas nesta cidade, estourasse a Guerra. Boa parte das pessoas de bom-gosto e dos artistas da moda, mesmo sem falar uma palavra do idioma então visitado, resolveu ficar até que as coisas se definissem no setentrião. (Um interessante artigo sobre o exílio involuntário de Witold G. informa que sua família, de terratenentes, "guardava certa memória nobiliária". Afirma o autor do referido texto que, desde pequeno, Witold se interessava pela leitura de documentos, mantidos em cofre, que davam notícia da estirpe dos seus. E que, feito exilado em um país que — segundo G. — via qualquer imigrante como representante da miséria, e obrigado a refugiar-se em infames quartos de pensão, tentava superar as necessidades materiais por que passava fingindo-se de conde, falando francês — embora com o sotaque desabonador de qualquer polaco — e freqüentando os salões da aristocracia local, onde invariavelmente abundava comida.)

A guerra terminou, mas como Witold G. ia apreendendo as entonações de nossa língua, mais que vocabulário e pronúncia, foi então ficando. Seus exercícios de ortografia no novo idioma consistiam em copiar, nem sempre com esmero, as inscrições que encontrava nos mictórios. Usava um caderninho preto, de capa não muito dura, que cabia com folga no bolso da calça. Disto para comparar tais inscrições com as que grassavam nos mictórios pátrios não custou nada e, a partir daí, Witold lançou as bases de uma Psicologia de Banheiro Público Masculino Comparada: Inscrições do País que me Acolhe e Inscrições Polonesas. Concluiu que as daqui revelam uma "inocência de crianças perversas", enquanto que as de lá são "mais brutais mas menos libertinas".

Outro dia segredou-me, em uma revelação mais melódica que propriamente de idéias, a intenção de publicar por aqui um romance seu editado na Polônia. Foi o único legado que esse escritor pôde trazer da terra natal, já que a companhia de navegação restringia excessivamente o peso da bagagem dos menos elegantes. Temos, então, conversado bastante sobre a tradução. (No prólogo que o escritor polonês escreverá a seu romance traduzido, constará: "Aqueles que, através de {*título do romance, em itálico*}, captarem certas particularidades de minha alma, compreenderão também por que a alma, em vez de buscar vinculações com os 'círculos' locais, levava uma vida anônima e boêmia e muito próxima, infelizmente, da miséria. Perdido neste país, estonteado e esmagado pelos acontecimentos europeus, vagava pelas ruas sem vontade de fazer nada, ou, sob uma mesa de café (sic), chorava amargamente. Afastei-me por completo das letras e só devo à minha feliz inclinação ao infantilismo o fato de, apesar de toda índole de desastres e humilhações, ter conseguido conservar uma ponta de alegria. Ultimamente voltou-me o ânimo para o trabalho literário e creio que em breve terei o prazer de publicar alguma nova obra".) Talvez a palavra tradução não seja a mais própria para o trabalho que, pelo que pude depreender da melodia que entoava, Witold me convidava para realizar. Mas realizar como, se não sei uma única palavra de polonês e você é fluente não mais que na melíflua prosódia de mictório de meu idioma? Witold G. entoou sua melhor interpretação do canto da sereia para seduzir-me com a idéia de que escreveria, com a ortografia aprendida nos banheiros públicos de seu novo país, o que talvez devêssemos chamar outra versão de seu romance, procurando a maior fidelidade possível com o original polonês. Este texto seria depurado por uma comissão formada por escritores de várias cepas e nacionalidades, recrutados entre os freqüentadores do Rex, até que eu, nomeado antecipadamente chefe de um grupo ainda inexistente, daria a redação final à obra.

Sucumbi.

Nossa equipe multinacional, composta de dezenove membros emigrados de sete países, três ou quatro línguas maternas, uns narradores, alguns poetas, um pintor e um jogador de bilhar, reúne-se na Sala Xadrez do Bar Rex, de nome pomposo mas suja, cortada por uma corrente de vento antártico e ainda assim cheirando a mofo, aparentemente há anos sem limpar, cedida pelo dono para que nossas altercações não estremeçam mais do que mesas quebradas, cadeiras lascadas, pratos inservíveis, talheres sem ponta e copos bicados.

 Tenho então abreviado meu número de bailarim nas lousas cheias de bicos para reinar no tabuleiro de ângulos retos enregelantes e coalhados de quinquilharias. No ar bolorento que perpassa pernas de mesas e cadeiras quebradas, choca-se com pratos e copos desbeiçados, esfiapando-se entre os dentes dos garfos azinhavrados, amaridam-se, promíscuas, as vozes tantas de tantos timbres e acentuações, e dessa cópula aireada aérea gasosa vai pouco a pouco sendo gerado o engendro. Um bonecão desengonçado em que vai se transformando a tradução do romance do polaco, um bonecão monstruoso, fruto da convivência descuidada de tantos narradores em falsete, eu em primeiro lugar. Não que acredite na qualidade do romance de Witold G. em nossa língua, já que será, me parece, um romance híbrido, afinal mais meu do que dele, confinado a essa zona de limbo intolerante compreendida entre o um e o outro. Nem que acredite por seus lindos olhos azuis na qualidade do livro, que nunca vou poder apreciar no original. Mas porque, acredito, poderá acalmar minha ânsia de escrever neste fim-de-mundo, onde, por mais que tente, não redijo nada que não sejam listas, petições, ofícios e cartinhas. Pelo menos estarei fingindo que escrevo literatura, sem o compromisso comigo mesmo de fazer alguma coisa que alguém acredite que preste. Afinal, a literatura não é outra coisa que uma fofoca colossal. Reescreverei o texto alheio, pela segunda vez escrito e de novo refeito, alheando-me bastantes vezes para pensar em como seria escrevê-lo pela primeira vez. E talvez, quando chegar a hora, possa também fingir que conheço a técnica do romance, embora estarei escrevendo a minha primeira tentativa — e descarnando minha própria carne, como me disse a sorte — neste novo gênero. Finjo então que voltei a ser. Encho folhas e folhas de papel com minha garatuja de aluguel. Escrevo — e a pedido do autor — um romance apócrifo que leva seu timbre.

Mas mesmo fingindo que escrevo; aliviado da umidade calorenta; mesmo servido de águas fartas que me livram das excreções diárias; mesmo descobrindo a pele em brancas escamações desconhecidas; as unhas (quebradiças) e os lábios arroxeados pelo frio temporão; provando, pela primeira vez, a sensação de frio disseminada por todo o corpo e não apenas coagulada no fim da espinha; mesmo olhando a planície a perder de vista, perdido dos nossos mares cerceantes que nos fazem prisioneiros; esquecido dos tubarões; mesmo tendo saído de onde ninguém pode sair, mesmo assim não posso dormir. Mesmo desgarrado das fúrias, sinto-lhes o hálito de carniça. E continuo a sentir o mesmo hálito mesquinho do medo. Minhas noites aqui, dilatadas pela lonjura dos trópicos, parecem mais longas do que a pena proferida pela pitonisa viajante que percorreu as linhas da palma de minha mão esquerda.

A cada noite que me deito sinto o ar arfar, a carne enrijecer, cada pêlo empinar. A atmosfera fica fétida, o corpo pesa, os olhos esbugalham no escuro. As extremidades formigam, os lábios amortecem. Penso que não posso privar-me do pavor. Penso que pessoa alguma pode, procurando consolo e refrigério em outras geografias, novos regaços, desconhecidas águas, meridionais latitudes, ares inéditos. Porque o medo está; já não carece de apresentações, preparos ou prelúdios para sua aparição. É que ele não desaparece. E é cioso de sua presa, impedindo-a sempre de cruzar algum limite que lhe seja daninho ou mesmo não permitindo que suas funções vitais sejam sequer ameaçadas. Junto com o bafo quente sinto as papilas grosseiras de sua língua que não cansa de lamber a mim, sua cria postiça. Cada lambida sua gira meu corpo de um lado para o outro; empurra-o da direita para a esquerda, arrasta-o de uma banda da cama para a outra, para depois fazê-lo retornar do outro lado, da esquerda para a direita, da outra banda da cama. Cubro-me com o cobertor de campanha dobrado em dois, seu focinho pestilento me livra do cobertor de campanha dobrado em dois. Cubro a cabeça com o lençol; cubro-a mais uma vez com o cobertor de lã que pouco protege. Suas garras, voltadas para dentro mas ferinas, arrancam-me o cobertor de lã que pouco protege e o lençol. Levantar da cama, como fiz tantas vezes em casa, para mergulhar meu medo nas águas paradas de alguma banheira, é impensável; congelariam as águas e congelaria eu mesmo, enquanto suas patas me massageariam os punhos para que minha circulação se mantivesse minimamente ativa. Acendo um cigarro, mas é preciso luz para soltar com certa dignidade as baforadas. Acendo a luz, o companheiro de quarto resmunga, fala coisas que tenho dificuldade em entender porque as diz em seu sotaque, carregado, de sonílocuo. Evidentemente sei o significado de suas palavras e, já que há um princípio de comunicação, tento iniciar uma conversa. Primeiro, parece que instruído pela fúria, me manda calar a boca. Depois, ainda ríspido mas rendido, autômato titereado pelo sono furibundo, me manda falar com um médico, um padre, um bêbado, quem quer que seja, desde que o deixe em paz. Respondo que ninguém atenderá a um completo desconhecido, ainda por cima estrangeiro, a esta hora da noite. Esganiçado, o pescoço crispado de cordões, grita que eu tome uma xícara de chá de erva-cidreira. Levanto-me, embrulho-me no cobertor, acendo a luz da escada, acendo quase a casa toda, preparo o tal chá de erva cidreira. Tomo a bebida quente, pelo menos ela me aquece. Caminho então lentamente para a cama, acreditando nos poderes da erva e na conseqüente fragilidade de meu medo. Apago a luz, cubro-me com o lençol, depois com o cobertor de campanha dobrado em dois, acomodo-me de lado na cama, os joelhos levemente flexionados, de acordo com especificações de folheto promocional de colchão ortopédico. Mas sei que sou observado por dois olhos injetados, purgando pus com acurada freqüência e emoldurados por ramelas milenares.

E então me deixo observar por esses olhos cristalizados, que quase me transformam em estátua mas não petrificam meu pensamento. E penso. De maneira claudicante, temerária, mas ordenada. Penso que amanhã sairei da repartição à hora de sempre mas não passarei pelo Bar Rex, onde não tomarei minha costumeira xícara de café, não farei minha dança, não presidirei a equipe de tradução do romance do escritor polonês Witold G. Sairei da repartição sem a gravata ensebada e virei direto para casa, onde me sentarei à mesa, acenderei um cigarro enquanto ordenarei o papel almaço sem pauta com a faquinha sem serra, para não ferir o papel, e depois a pousarei de volta no lado esquerdo da mesa. Passarei com cuidado o dorso dos dedos nodosos meio fechados em concha sobre a folha, para garantir sua limpidez. E escreverei com letra miudinha um conto onde um homem deseja dormir mas é velado pela insônia. Dirá assim:

O homem deita-se cedo. Não pode conciliar o sono. Dá voltas, como é de se supor, na cama. Enreda-se entre os lençóis. Acende um cigarro. Lê um pouco. Torna a apagar a luz. Mas não pode dormir. Às três da madrugada levanta-se. Acorda o amigo do lado e confia-lhe que não pode dormir. Pede conselho. O amigo o aconselha a dar um pequeno passeio a fim de cansar-se um pouco. Que em seguida tome uma xícara de chá de cidreira e que apague a luz. Faz tudo isto, mas não consegue dormir. Torna a levantar-se. Desta vez recorre ao médico. Como sempre sucede, o médico fala muito, mas o homem não dorme. Às seis da manhã carrega um revólver e estoura os miolos. O homem está morto, mas não pôde dormir. A insônia é uma coisa muito persistente.

A caneta pousada ao lado da faquinha sem serra, o cigarro já sem a brasa, queimado pela metade, largado no cinzeiro depois de uma única tragada, o cheiro de sarro parado no ar, o conto escrito, a mão que o teria escrito tendo a caneta, a faquinha sem serra, o cigarro apagado e o cinzeiro ao seu alcance mas sem vontade de alcançar nenhum objeto, o ar em repouso, o cômodo silencioso. O instante rígido, saturado, passível de permanecer assim para sempre, livre de tudo quanto excedesse seus recortes, já que seria apenas um instante imaginado que sucederia a imaginação de um conto imaginariamente escrito, seria, no entanto, estilhaçado pelo moto impetuosamente deflagrado pelas duas bolas oculares do escritor. Desleais, elas rolariam céleres pelas palavras do texto até estancar na última frase. Traidoras, elas arrancariam o escritor da rigidez que poderia ter sido eterna e o obrigariam à paralisia assim que chegassem à última frase.

Essa última frase, moral barata da história, concebida certamente para algum almanaque de farmácia, assim justaposta ao conto sem a menor dignidade, imerecedora de um parágrafo só para si, estraga-prazeres que arruinou, com descaramento, o clímax insuspeitadamente alcançado pelo narrador, aliás já transtornado aquele pela morte espetacular que acabou carecendo de qualquer laivo de intensidade dramática, qualquer destaque, sequer o topográfico — sinalizado, por exemplo, por um final de parágrafo. Essa última frase fez Oscar dar de cara com o heroísmo de araque de seu personagem.

Sustentando com as duas bolas oculares, desleais e traidoras, o olhar debochado do heroísmo de araque, tentando não piscar para, pelo menos ele, Oscar, acreditar-se mais digno do que a falcatrua deslavada, ele, o mesmo Oscar, não conseguiu evitar que o sangue coalhasse em suas veias, tornando, muito provavelmente, seu rosto lívido. E sentiu, como há tempos não sentia, o frio no final da espinha. Porque, sabia, estava diante de uma revelação. Suas pálpebras, provavelmente afetadas pelo sono não conciliado na noite anterior, nem na que a antecedeu, nem na que antecedeu à antecessora, insistiam em fechar diante das reverberações da folha de papel branco, sem pauta, que davam sustentação à tal frase descarada, estraga-prazeres, indigna, mas reveladora. Forçou-se a mantê-las abertas, tentando manter-se em vigília, mas o rebrilho da luz que emanava do papel branco e sem pauta chegava, sem triangulações, absolutamente inalterado à sua retina feita fotofóbica. As pupilas dilatadas pelo sono deveriam se retrair diante da luz da revelação. Sofreu então uma cegueira momentânea, que o obrigaria, pelo menos nos instantes escurecidos, a suspender a leitura repetida da última frase do conto, a tal frase descarada, estraga-prazeres, indigna, porém reveladora.

Que, na verdade, pouco revelou a Oscar sobre o heroísmo ordinário do suicídio, que não era o caso aqui. Mas revelou, enquanto seus olhos estavam velados pelo excesso de exposição à luz, outro heroísmo de araque, outro heroísmo ordinário. O heroísmo de araque, o heroísmo ordinário do exílio. Porque, apercebeu-se Oscar, o exílio salva o homem do abismo, mas coloca-o na posição daquele que, tendo-se salvado do abismo, fica somente com sua façanha. (Esta última frase é extraída de carta de Oscar dirigida à irmã Marina, escrita já no final de seu período de exílio. Deve-se, no entanto, apontar o fato de que a correspondência do poeta Oscar P. se mantém ainda inédita e que pelo menos dois críticos de certa relevância local já declararam estar preparando a edição anotada de tal produção epistolar.)

Tiritando de frio, abrigado somente com um casaquinho de lã que já não cheirava a mofo mas a suor, vento, chuva, inundações, cujos espaços entre os pontos do tricô tecido pela mãe eram irrecusáveis convites ao ar gelado, comendo menos do que seus hábitos frugais teriam jamais sugerido, dividindo o quarto infecto da pensão barata com sabe-se lá quem, suplicando, abatendo-se, prostrando-se, clamando, dissimulando, sufocando-se, aqui sorrisos, ali sorrisos, dez metros mais longe sorrisos, fingindo-se de tonto com os tontos, o imbecil com os imbecis, os direitos civis perdidos, incapaz de reconhecer gestos, muxoxos, a direção dos ventos, o movimento das aves e dos insetos, falando a mesma língua que falam todos os naturais da terra mas sendo sempre, e inapelavelmente, o estrangeiro que insistia em nasalizar o que devia ser agudizado, o estrangeiro que insistia em empregar um vocabulário que não correspondia ao que dizia, o estrangeiro traído pela mãe idiomática que o rejeitou tão logo pisou as novas terras, o estrangeiro sem família que agarrava suas ventosas sentimentais e lacrimosas em quem quer que fosse, Oscar se viu, fulminantemente, escarnecido por seu ato heróico, apupado por sua proeza, ludibriado pela coisa admirável, mofado por sua façanha.

E decidiu. Não soube se no idioma nasalizado ou no idioma postiço, mas estava decidido. Na verdade, o verbo decidira antes dele, ou mesmo decidira por ele, já que estava lavrado na folha branca de papel almaço antes mesmo de ele se dar conta, mas ainda assim, ele estava decidido. Decidido a voltar. Voltar a seu retiro silente e solitário, reincorporar-se ao claustro na torre cujas paredes eram seus pensamentos, o teto, terrores e as janelas, abismos. Oscar aprendeu, premido na própria carne macilenta, o que no futuro saberia aceitar como um mal necessário: o inferno que ele construiu para si mesmo, inferno morno, que o acalentava em seu regaço, o inferno impossível de abandonar, o irrenunciável e querido costume.

Determinado seu destino por uma simples folha de papel ordinário onde constavam umas simples palavras, iludido por uma decisão que acreditara ser sua, ele retornou a sua condição de habitante habitual desses estreitos limites. Mas sabia-se, sem ilusões, prisioneiro do verbo. Maldisse são João e os primeiros versículos de seu evangelho, onde proferiu a condenação universal, e para sempre, aos desígnios desse verbo. Verbo traiçoeiro, verbo cruel, até criminoso, calculista, frio, inescrupuloso, tratante, só não inverossímil nem tampouco incoerente.

Oscar retornou aos estreitos limites silentes e solitários enclaustrados entre pensamentos, terrores e abismos para sempre lavrados em letra miudinha sobre o papel almaço branco. Retornou à estreita insularidade cerceada por águas que o apertavam como um cinturão canceroso, rebrilhando sobre a superfície branca do papel, riscado com esmero pelas linhas escritas como maldições silenciosas, pelas quais restava pouca possibilidade de deslocamentos, entre pernas de pês e quês e elevações de tês, bês, eles e dês. A lisura imperfeita do papel barato não lhe deixava, apesar dos grumos e concentrações desastrosas erguidas sobre a superfície branca, uma saída, um orifício, um ponto sequer onde pudesse começar a rascar até rasgá-lo de dentro para fora, um respiradouro. Sua tragédia era não poder nunca conhecer e gozar nada do que não fosse a própria literatura; seu cotidiano, a ilha, os mares, os ares.

Sabia-se presa de uma escritura convulsiva sobre um papel branco barato que não lhe abria espaço sequer para encher os pulmões apodrecidos e refazer-se, ele, Oscar, de sua turbulência literária. Deu então início a um exercício de concentração que consistia em abrir gradualmente a boca até a distensão. Recolhiam-se paulatinamente em rugas suas carnes magras e macilentas e ganhava espaço a grota oca e malcheirosa que substituía sua boca de lábios beiçudos. Tragava o que podia do ar que preenchia os desvãos das cáries, dos dentes ausentes, a área entre a língua esbranquiçada e o palato duro. Distendia, tragava, exalava e mantinha o repuxo muscular. Até começar pelas letras. Combinação binária (com voz repousada): PQ-DC. Pausa breve. AB-TK. Pausa breve. OG-AY. OG-AK. Combinação ternária (alterando a voz): PEQUDE-CE, ABETE-KA, OGEAYE-KA. Combinação quaternária (mais alterada): PEQUDECE, ABETEKA, OGEAYE, OGEAKA. Combinação quaternária alterada (gritando): PEQUDEYE, PEQUDEKA, ABETECE, ABETEYE, OGEAYE, OGEAKA. Monólogo. Diálogo. Como possesso. Sussur-rando. Com sons inarticulados. Com letras combinadas. Exacerbando-se. Retorcendo-se: CURVAS, LOSANGOS, ELIPSES, CÍRCULOS. CONFRATUOSIDADE, PLACENTACAVERNÁRIO, PARTENO-GENESICOIDAL.

PLEXIGLASS.

ROUGE MELÉ.

MANAUTA LIPCHI FUEL OIL ASQUEPEC.

Cuspindo palavras em todas as direções, Oscar uma vez mais experimentava a perplexidade da angustiosa estranheza de saber-se entre nomes e não entre coisas. Se fosse crente e temente a Deus, seus olhos esbugalhados pelo esforço da quase possessão buscariam, no alto, a língua de fogo que o teria introduzido no dom de línguas, a linguagem anterior à linguagem, o transe religioso, o conjuro mágico, o sacrifício. Ou meros sons de letras e sílabas e palavras sem o menor sentido que ele juntava ao acaso para fazer um pouco de bulha e espantar seus amaldiçoados terrores escriturais. Mesmo sem a unção da língua de fogo, Oscar tentava evadir-se da condenação original de emitir sentido sem cessar.

Assim estrebuchante, despalavreando-se a si e a sua literatura, desafiando os hermeneutas, os escoliastas, os criptólogos, o Mestre não é outra coisa que palhaço de si mesmo. O poeta Oscar P. está podre até os ossos e sua única crença é o podredouro. O poeta Oscar P. faz sua literatura purgar até a míngua das palavras para purgar-se a si mesmo, ente erigido não de carnes mas de verbo. Conspira abertamente contra o papel branco ordinário e sem pauta, a faquinha sem serra, a caneta, o cigarro; e substantivos e verbos, sempre o verbo, advérbios, preposições, artigos, conjunções e todo texto escrito, manuscrito, datilografado, mimeografado, ou como diabos apareçam os caracteres sobre a folha de papel almaço cheio de grumos que o perscruta, sempiterno, alerta, lembrando-lhe sempre que dali não há saídas.

Sobre esse papel vagabundo, coberto de bexigas brancas que às vezes deformam em sua erupção o quase perfeito paralelismo das barras pretas inquebrantáveis, desenhadas pela letra miúda do poeta despalavreador, desenha-se outro defeito, mais sutil, pousado, fio fino retorcido como arabesco, um maldito fio de cabelo. A curvatura prolongada em direções opostas corrompe inexoravelmente a harmonia das linhas de letras que só abririam saídas no infinito. O fio solto de cabelo, fio morto imprestável e vingador, macula o papel, perturba o texto impondo direções descabidas, unindo o isolado, abrindo barrigas até eviscerá-las. A mesma mão que costuma cortar o papel em dois com a faquinha sem serra para não feri-lo e que zela por sua limpidez com o dorso dos dedos nodosos meio fechados em concha antes de começar a deitar-lhe a letra miudinha fica suspensa e —

(Sempre senti repugnância por fios soltos de cabelo. A insondável distância entre vida e morte, embora absolutamente invisível no caso de fios de cabelo, é para mim gigantesca, enregelante, cegadora. Chego a perscrutar rosto, ombros, costas e tórax dos que se aproximam de mim na tarefa de livrá-los — melhor dizendo, livrar-me — desta ameaça que são fios mortos que se depositam sobre a parte superior dos corpos, promiscuamente mesclando-se com os fios vivos. Comigo gasto o tempo que julgar necessário, subtraindo-o de qualquer atividade que se possa julgar mais excitante, para arrancá-los de meu convívio. Porque, além de asquerosos, eles têm a capacidade de incomodar, além do suportável, quando em contato direto com a pele. Mas dentro de toda a repugnância e asco que representam fios soltos de cabelo, existe uma hierarquia: cabelo morto alheio causa ainda maior asco e repugnância que o próprio cabelo morto.

Sem contar as causas que levam um fio de cabelo, e aí não conta o fato de ele ser próprio ou alheio, a se desprender do couro cabeludo. Há as naturais, é evidente. O volume total de cabelos se regenera em períodos descritos com exaustiva precisão por médicos dermatologistas, cabeleireiros e curiosos, com uma certa variação entre os diversos estudos, científicos ou empíricos. Mas há sempre, digamos, uma renovação dos fios, de maneira que alguns devem, todos os dias, ser sacrificados, cumprido seu ciclo vital, para dar lugar aos chamados "cabelos novos", facilmente reconhecíveis por sua inadequação — mesmo que temporária — ao meio que os comporta, seja pelo comprimento, textura, natureza, cor, ou o que valha. O que, efetivamente, me aterroriza é a possibilidade de aquele fio morto que se me apresenta ser um fio precocemente morto. Porque aí sou obrigado a enfrentar a extensa, senão interminável, insidiosa, mal-cheirosa, mais-que-asquerosa lista de enfermidades causadoras da morte do fio de cabelo em questão. Perturba-me não a doença em si, mas suas habituais implicações: odor fétido, secreções secas, escamosas, em pó ou lâminas; secreções purulentas, ainda mais fétidas que as anteriores; a queda dos fios de regiões inteiras da cabeça, cruelmente denominada "pelada", e a tradicional tintura violeta que a recobre, delatora impiedosa do problema a ser escondido; os disfarces utilizados, nem sempre os mais felizes, como bonés, chapéus, gorros, turbantes, apliques, nem sempre muito asseados, na maior parte das vezes eles também besuntados com as poções, cremes, ungüentos, cataplasmas que recobrem as cabeças infectadas; medicamentos e simpatias que configuram, apesar da promessa de cura, outro capítulo das desafortunadas conseqüências das doenças que acometem o couro cabeludo das pessoas em processo de alopecia. E as causas, então. As nervosas, as medicamentosas, as químicas, as circenses, as matrimoniais, as amorosas, as bélicas, as etárias, as hereditárias, as sexuais e hormonais.

Tomo o papel branco lanhado que me perscruta desde sua lonjura inimiga com cuidado para evitar o contato com o fio de cabelo morto que repousa sobre ele. Antes mesmo de fazê-lo, estudo duas possibilidades de aproximação: ou dirijo a ponta dos dedos polegar e indicador diretamente para o fio de cabelo morto para, com movimento repetido de esfrega das mencionadas pontas dos dedos, livrá-los do fio, correndo o risco de ele enredar-se pela mão, ou seguro firmemente a folha de papel, sem alterar-lhe a posição, para, com movimento firme e seguro, derrubar o fio de cabelo morto no chão, ou ainda soprá-lo com vigor, mas igualmente correndo o risco de, vítima de alguma súbita alteração dos movimentos do ar que me circunda — e ao fio, naturalmente — o referido fio de cabelo morto voar em direção ao corpo e aí se fixar. A segunda estratégia — seja qual for a variação escolhida —, embora mais arriscada, tem a vantagem de evitar qualquer tipo de contato direto com o fio de cabelo morto. Opto, no entanto, pela primeira, pois julgo que posso controlar meu asco e repugnância quando sei que as pontas dos dedos vão, e a meu comando, rapidamente sujeitar e rapidamente livrar-se do fio de cabelo morto, sempre, repito, conforme planejado. Porque resulta, para mim, absolutamente insuportável contar com a possibilidade de um fio de cabelo morto deslizando no ar até — e sem que eu nada possa fazer — depositar-se sobre qualquer parte do corpo. Prefiro saber de antemão que duas diminutas partes do corpo, à guisa de pinça, manterão o poder sobre o fio de cabelo morto que repousa sobre a folha de papel.)

Toda versão é inefável e todo fato, tangível. Só lhe resta o fato consumado. Os olhos de Oscar desviam o olhar de ambas as extremidades que acabaram de tocá-lo e olham o fio desfiado sobre o chão. Mais que o terror que lhe proporciona tal hecatombe, enche-lhe de pavor a impossibilidade de achar uma explicação a tão monstruoso fato. Os pés se enredam entre o fio de cabelo e os fios desfiados de linhas e letras por ele desafiados em sua retidão para sempre corrompida; tropeçam nos grumos do papel branco, chutam as bexigas que jamais se lhe abriram em alçapão. As barras pretas edificadas de letras miúdas, quase perfeitas em seu paralelismo horizontal, maculadas que eram pelos nódulos brancos do papel branco, perderam a integridade escamando-se em sílabas ressequidas que se aderem aos pés enredados nos fios desfiados. Da tinta negra esgotam substantivos e verbos, sempre o verbo, advérbios, preposições, artigos, conjunções em purgação lodosa, que contamina a algaravia de fios e linhas e escamas e supuração e pés aí emaranhados. Algaravia de linhas, sílabas, escamas e supuração aí emaranhados que só tornaria à sua retidão silente de letras miúdas pousadas em perfeito paralelismo, e de pronto, como em um crepitar de chamas, caso a ficção do escritor, ao apagar o fato, os devolvesse ao papel almaço branco, ordinário, grumoso, sem pauta mas principalmente sem mácula. E só com a morte da literatura voltariam a cair abatidos em terra novamente estes fios de cabelo, de linhas, de letras e de pus.

Mas a mão do escritor não se move em movimentos de ficção.

E escreve:

Como no ato criminoso lhe digo agora, meu corpo: "Finalmente o tenho." Você sabe destas longas perseguições; na verdade para mim o decurso dos anos resultou em uma aterradora perseguição a você, a você, corpo que escapa sempre deste momento supremo. Lembro-me que a coisa começou a complicar-se na escola. Não se lembra? O professor dizia: "Enumere as partes do corpo." E seguidamente, como em um tempo de ladainha, resmungava comigo: "Um crânio, um pescoço, uma região torácica..." E assim continuávamos descendo até os ossinhos dos pés. Então, com um ronco de gato destripado me asseverava, enquanto o saracoteava: "A soma de todas essas regiões formam seu corpo." E acrescentava como para sustentá-lo mais em mim: "Seu corpo seu".

Mas tudo aquilo era uma farsa; sentia que ninguém me era mais alheio, estranho ou insuportável que você; que tinha que padecer todas as horas e minutos da existência; assistir de braços cruzados a seu jantar, a seu jazer, a suas gástricas ou pulmonares eructações. Em casa se armava grande confusão quando me ouviam exclamar: "vou lavá-lo" por "vou lavar-me"; ou "tem febre" por "tenho febre". Então me perguntavam quem é que tinha febre ou a quem lavaria, mas eu me limitava a repetir a frase sem mais explicações. Sim, porque tudo quem levava era você; tudo lhe pertencia, chegava mesmo a ter seus próprios sacerdotes nos oficiantes médicos e cirurgiões que sobre você se inclinavam. E tudo isto para você, que aparecia limitado por duas expressões lapidares: "Dar o corpo; dar de corpo..."

Que profundo desprezo sentia por certo escritor que descrevia o banho de uns adolescentes no rio! Começava: "E seus elásticos corpos entregues às ondas…" E queria dizer que aqueles corpos pertenciam aos rapazes; e que estes podiam dispor dos mesmos como dispomos do corpo de um condenado ou do de um amante ou do de um pobre burro de carga. Mas lhes pertencia, de fato, essa arquitetura carnal? Essa carnação que se rebelava em miríades de amotinados impulsos? Na verdade, não saberia dizer se estes seres do romance e aqueles outros que me rodeavam e os que estavam na lonjura, surdos a minha voz e cegos a minha vista, participavam de meu terrível sentimento ou se, pelo contrário, desfrutavam da gostosidade de seus corpos. Era você o indirigível, o intraduzível, o refratário; assomar-me a você era como assomar-me a uma negra superfície que não me refletiria; chamá-lo suporia chamar ao silêncio que jamais desce a escutar a voz dos mortais.

E o problema não era de inimizade, porque nunca antes participáramos de amizade; tampouco desligamento. Sim creio que sejamos a contradição que necessita contradizer-se. A pergunta era: até que ponto, limite ou fronteira me estendia eu? De você provinha a harmonia ou você era o desconcerto? Era eu algum deles? Flutuando entre tais interrogações cresciam cada vez mais, como um desmesurado aerostato, a distância e a indiferença. Esta é a verdade. Recorde as múltiplas ocasiões em que o abandonaria a sua sorte: aquela vez na rápida corrente do rio provinciano; e aquela outra em que, do flanco de um despenhadeiro, caído de um galho alto, deu comigo em terra. E você, por sua vez, fazia a mesma coisa comigo: sempre recordarei que em minhas atribulações amorosas, quando me sentia mais indefeso e fraco, você industriava para ir a passeio à arcádica paisagem da montanha carnal onde se rompe a unidade da vida. Assim, temos praticado entre ambos um desfiladeiro isolador que impede toda comunicação humana.

Cheguei a esboçar em um pedaço de papel roto um rascunho de comunicação entre nós ambos, mas não estou certo de tê-lo devidamente subscritado:

>(Nenhum cabeçalho, nenhum apelativo, nenhuma fórmula de cordialidade.)

>Enquanto você se debate com a natureza de sua angústia, inquieta-se com sua insônia, desagrada-se com suas atividades amorosas e profissionais, eu simplesmente aguardo. Até agora fui paciente com suas aflições, mas devo lembrá-lo que tenho minhas próprias atribulações, de que já não posso escarnecer.

O fato é que lembrei a tempo minha característica falta de vigor em levar adiante o patetismo de qualquer ameaça, incluindo a que encerrava este pedaço de nada.

Agora mesmo gozo, vendo-o padecer ante o acontecimento que sobre sua geografia representa o colapso de fios de cabelo, de linhas, de letras e de pus, enquanto eu, placidamente, me encontrarei viajando por regiões onde o consistente, o tangível, isso que é você, se traduz em ausências; por regiões que poderiam ser comparadas à tremulação.

Enquanto isso você é tão soberbo que, como o luciferino arcanjo, rodeia-se de uma crosta de surdez exemplar. Às vezes me ponho a cavilar se essa especial conformação da planta de seus pés não é senão uma grave advertência que impede que seja esquecido o princípio de que todos vocês estão atados ao sentido da terra; e que sua surdez seja a surdez da terra. Porque a voz me pertence inteiramente a mim. Mais que a voz em sua acepção de anasalada troada ou agudo assovio ou o que você quiser, ou o que dela se desprende; o que ela inflama, convoca ou determina: a palavra, e posso prová-lo ao dizer-lhe enfaticamente que isso é você: uma palavra; a palavra Corpo. E me fará cair no artifício barato de que então sou eu também outra palavra; a palavra Eu. É neste ponto que se produz a hecatombe; você é uma palavra e eu sou outra palavra e assim, de nosso matrimônio, só engendramos um filho maldito que se chama Contradição: terceira palavra da vida.

Falava de artifício barato e artifício barato foi anunciar-lhe que ao fim o tinha... Mas a verdade é que nem o tenho nem você escapou; está em seu estado medindo sua solidão pela minha; sua surdez por meu alarido; seu desconhecimento pelo meu. E não tenha esperança de uma segunda cópula porque já estamos divorciados.

Como um pássaro cego que revoluteia na luminosidade da imagem embalado pela noite do poeta, Oscar vê a palavra que o inflama, convoca ou determina arranhar um papel branco liso, mas cheio de grumos e bexigas. Arranhando-o com tal veemência que suas unhas se rompem, responde à pergunta de Oscar que dentro está a literatura. A fim de salvar-se, a ele, Oscar, da literatura, decide apresar às pressas a palavra que tanto o inflama, convoca ou determina naqueles domínios brancos cobertos de certas inconstâncias. Definitivamente divorciados Eu e Corpo, Corpo descabelado, Corpo achacado pela hecatombe da perda de sua integridade, que afeta a integridade de suas linhas que são como partituras corrompidas em seu sempiterno paralelismo, Corpo que purga pus coloreado da tinta negra que desenhava letras, Corpo finalmente possuído como em lance policialesco,

Eu e Corpo definitivamente divorciados, amaldiçoados pela Contradição das letras, Oscar pode então gerir a definitiva vingança à vingança que o havia asido até então, sua literatura.

Escreverá para vingar sua vingança: Toda versão é inefável e todo fato, tangível. No escoliasta há um eterno aspirante a demiurgo. Sua soberba é castigada com a tautologia. O único modo de escapar ao fato inelutável da morte deste fio de cabelo seria imaginar que presenciamos a hecatombe durante um sonho. Mas não nos seria factível interpretá-lo, uma vez que não seria um sonho verdadeiro bá, bá, bá.

Nova tentativa: projetar um novo trançado, fiando-se em sua capacidade de tecelão de destinos dos personagens que lhe pertenceriam, inapelavelmente. Puxando fio por fio dos que se enredam em seus pés como serpentes Oscar iria remontar cada um, mas cioso por dar-lhes novos sentidos. A começar por ele, o poeta Oscar P., o Mestre. Poderia virar sua vida em uma vida para lê-la, finamente encadernada em capa dura, de couro, que repousaria, daqui a cem anos, em alguma estante de mogno de alguma biblioteca elegante ao lado de outras obras, igualmente importantes para sua época e as vindouras, delicadamente retiradas por mãos amorosas que se sentariam em confortáveis poltronas de veludo verde para seu perfeito desfrute. Teria, então, que começar a pensar — ou escrever, tanto faz — em alguém de confiança a quem conferir a seguinte responsabilidade, recém-rascunhada:

> "Que se entreguem todos os meus papéis literários a meu amigo, *{nome a ser preenchido}*, o qual procederá a destruir dos mesmos tudo aquilo que significar 'lugares comuns' na evolução da literatura universal."

E a quem enviar o seguinte adendo:

"Que sereno tempo quando este livro e seus livros; seus livros e este livro se encontrarem em uma livraria qualquer em um precioso tempo que forme cem anos sobre sua morte e a minha."

Ou virar edição ordinária de papel ordinário que não resistiria sequer ao tempo de conclusão de leitura. A capa cairia precocemente, fruto do trabalho porco da encadernação; os cantos das folhas arrebitariam, ensebados, no início da vida útil do livro, apenas para se conformar com as quedas e amassões; depois, o arrebitado chegaria até o início das letras e daí até desaparecer todo o texto compreendido nos cantos, sempre crescentes em sua destruição, de ambos os lados do livro aberto. As folhas, coladas com displicência por quem vive da literatura sem jamais tê-la apreciado, esquecidas da costura mais ou menos salvadora, despencariam a qualquer toque menor. O fim da história no limbo da suspensão, seja por falta de texto literário, seja por descaso do leitor que desistiria da leitura de livro tão vulgar.

Para começar, então, a se reescrever. Não se trataria aqui de reescrever seu tempo anterior. E eis que um dia o poeta Oscar P. decidiria ser senhor de sua própria história. Condenado à insônia e ao medo e ao — Não: mudariam tempo e modo verbais, a atitude se alteraria, a própria história se adulteraria. O poeta Oscar P. senta-se à mesa e começa a reescrever-se a si mesmo. Puxa os fios desnecessários, atira-os longe de si, prova-lhes o asco, sente o sangue coagular em sílabas silentes ou mal articuladas. O poeta Oscar P. começa a reescrever sua autobiografia, torna-se seu próprio demiurgo, faz jus a sua aspiração e soberba. O poeta Oscar P. começa a ser o dramaturgo de si mesmo. E para que sua vingança seja perfeita, o poeta Oscar P. será o dramaturgo de uma obra sem argumento, sem tema, sem trama e sem desenlace. Apesar disso a unidade dramática não deverá se perder, acredita ele, porque a obra acabará com as mesmas coisas com que começará, ou seja, com a vida de todos os dias, mas não a vida com saltos da fortuna — hoje pobre, amanhã rico; hoje otimista, amanhã pessimista —, mas sim com a pobreza, a frustração e também com algumas ilusões, por certo muito comovedoras. O poeta Oscar P. poderá ser, finalmente, o alguém que concretizará o sonho de Flaubert, que formou um dia o projeto de nada dizer, uma recusa da expressão que inaugura a experiência literária. Talvez venha a ser esta a "obra sobre nada", a "obra sem assunto", que Flaubert jamais escreveu.

E se reescreverá então em um enredo duplo, em que tanto pode ser focalizado o ato da narração quanto os eventos do enredo. Em sua história haverá sempre uma outra história: a história de como a história será contada. E maltratará seu narrador como maltratará seu personagem e também como maltratará sua própria carne, carne maltratada e, além disso, plena de sobressalto, angústia e melancolia. Ficará cansado, doente, enojado. Escreverá durante as horas suas, oxalá dias inteiros, quem sabe meses, enfim, carecendo do mais elementar, submergido na deletéria indiferença dos seus, arrastando-se pelas ruas conhecidas da cidade, vivendo em uma promiscuidade abaladora; levado pelas linhas do destino a trabalhar com compatriotas não menos odiosos que os deixados no exílio; suplicando, abatendo-se, prostrando-se, clamando, dissimulando, sufocando-se, aqui sorrisos, ali sorrisos, dez metros mais longe sorrisos, fingindo-se de tonto com os tontos, o imbecil com os imbecis. E o que mais lhe importará depois de atravessar esta selva? O êxito da obra? Gargalha perante o êxito de sua autobiografia. Traduzida a idioma estrangeiro? Prossegue em convulsas gargalhadas. Dinheiro? As gargalhadas o sufocam. Os misteriosos sinais de glória *in excelsis Deo* prodigalizadas pelos *happy few* como diria Stendhal? Gargalhadas homéricas. Seu outro eu lhe assegurando que será então um dos eleitos? Gargalhadas e mais gargalhadas.

Para começar, Oscar acaba fazendo o que de mais terrível

alguém pode fazer com seu próprio Eu: devolve-lhe o nome. Extirpa-o de suas veias e vísceras, dilacera-o dos documentos e rasura-o de todos os rascunhos um dia rubricados. No buraco deixado pelas cinco letras que escreviam seu nome ele encaixa com violência outras mais numerosas que leu um dia, menino ainda, da mão de alguém que lhe disse tratar-se, esse sim, de nome de poeta (o que ele veio a confirmar muitos anos depois, quando topou com a frase de Montaigne: "A Vênus nua, viva e palpitante não é tão bela como no-la pinta Virgílio.") E dá início à reescritura:

"A Vida Tal Qual"
(Autobiografia do Poeta Virgílio P.)

Julgo ocioso declarar o ano de meu nascimento. Menciona-se o ano de chegada ao mundo quando se pertence a um país onde, no momento em que se nasce, algo ocorre — seja no campo militar, no econômico, no cultural... Em tal caso a data teria um sentido. *Verbi gratia*: "Quando nasci minha Pátria invadia o Estado tal ou era invadida pelo Estado qual; quando vim ao mundo as teorias econômicas de meu compatriota X pautavam muitas outras nações; quando vim ao mundo nossa literatura deixava sentir sua influência." Mas não, que curioso! Quando em 1912 (como vêem, ponho a data para que não fiquem com a curiosidade) eu vim ao mundo nada disso ocorria em meu País. Acabávamos, por assim dizer, de sair do estado de colônia e iniciávamos esse triste destino de país condenado a ser o anãozinho irrisório no vale dos gigantes... Nós nada tínhamos a ver com as cem tremendas realidades do momento. Darei um exemplo: a guerra de 1914 significou para meu pai uma divertida briga entre franceses e alemães. E também um modo de matar o tempo à falta de outra coisa que exterminar. Papai, em companhia de seus pares, passava grande parte do dia jurando que os alemães eram uns vândalos (provavelmente nunca se deteve em pensar em virtude de quê usava tal qualificativo) e que os franceses eram uns anjos; que Foch era um estrategista e Ludendorff um sanguinário.

Havia tirado a sorte de viver em uma cidade provinciana, mas isto, que não é coisa grave e é até positiva se se sabe que mais além existe uma capital em toda a acepção da palavra, significava, em nosso caso, uma tal ausência de comunicação espiritual e cultural que, no final das contas, terminaria por cartonar-nos. Vivia, pois, em uma cidade provinciana de uma capital provinciana que, por sua vez, fazia parte de um punhado de provincianas capitais de província com uma capital provinciana de um estado perfeitamente provinciano. O sentimento do nada por excesso é mais nocivo que o sentimento do nada por defeito: chegar ao nada através da cultura, da tradição, da abundância, do choque das paixões, etc., supõe uma postura vital, apesar de que a grande mancha deixada por tais atos vitais é indelével. É assim: o que se poderia dizer destes agentes é que eles são ativos do nada. Mas esse nada, surgido dele mesmo, tão físico como o *nadassol* que aquecia nossa cidade de então, como as *nadacasas*, o *nadarruído*, a *nadahistória*... nos levava inelutavelmente para a morfologia da vaca ou do lagarto. A isto se chama o passivo do nada, ao qual não corresponde ativo algum.

Muitas vezes me perguntei por que os homens e mulheres que formavam minha cidade natal não se chamavam todos pelo mesmo nome. Por exemplo, Artur. Artur se encontra com Artur e lhe conta que Artur chegou com seu filho Artur e com sua filha Artur, que sua mulher Artur logo dará à luz um novo Artur, mas que ela não quer ser assistida pela parteira Artur e sim pela outra parteira Artur que é a parteira de sua cunhada Artur mãe do precioso menino Artur cujo pai Artur trabalha na fábrica Artur...

E, é claro, minha família fazia parte do clã Artur.

Meu pai teve com minha mãe seis filhos Artur. Na verdade, teria preferido o cenóbio, mas como por aqui todos preferem o modo Artur de vida, as pessoas Artur acabam se casando, tendo filhos, odiando o casamento e os filhos, feitos quando os casais Artur vão para a cama mais cedo, empurrados pelo tédio e pelo mútuo rancor e pelo cansaço que os destroça. Fazem então a sua copulação rotineira — sem beleza, sem luxúria ou paixão; uma cópula não praticada por eles, mas pela inércia denominada Artur.

A casa desta família Artur era regida pela estreita lei do silêncio. O silêncio era sua verdadeira liturgia. Havia duas espécies de silêncio, que os seis filhos Artur insistiam em quebrar: o silêncio guardado durante o silêncio do pai e o silêncio guardado durante as minguadas falas do pai. Caso algum dos seis filhos rompesse o silêncio que deveria ser exercitado durante o silêncio do pai, este tomava o espanador velho, de carecentes e alquebradas plumas e batia com ele nos filhos que, um a um, perfilavam-se para receber, em ordem, os golpes do pai irado. No caso de algum filho Artur romper o segundo tipo de silêncio, o horror era então mais complexo, respingado às vezes de sangue. Em lugar dos golpes com o espanador, (trecho ilegível do texto autobiográfico) (...) todos os seis filhos ainda deveriam ajoelhar-se, separados, sobre algum material incisivo que lhes arrebentasse a carne.

Nem bem tive a idade exigida para que o pensamento se traduzisse em algo mais do que soltar baba e agitar os bracinhos, inteirei-me de três coisas sujas o bastante a ponto de não poder lavar-me jamais delas. Aprendi que era pobre, que era homossexual e que gostava de arte. A primeira delas porque, um belo dia, nos disseram que "não fora possível conseguir nada para o almoço". A segunda, porque também um belo dia senti que uma onda de rubor me atravessava o rosto ao descobrir palpitante sob a calça o avultado sexo de um de meus numerosos tios. A terceira, porque igualmente um belo dia escutei uma minha prima muito gorda que, apertando convulsivamente uma taça na mão, cantava o brinde da "Traviata". Para não menosprezar a autoridade da natureza vejo-me obrigado a dizer que reagi completa e totalmente. Mas verguei-me. E é claro que não podia saber a tão curta idade que o saldo arrojado por essas três górgonas: miséria, homossexualismo e arte era o pavoroso nada.

Francamente, continuo considerando a capital como um sepulcro. Um vasto sepulcro dividido, por sua vez, em sepulcros menores. Mas devo esclarecer a seguir que tal impressão sepulcral não tem nada a ver com a arquitetura da cidade, erigida sobre colunas, muitas das quais ainda ostentando os capitéis; tampouco nasce tal impressão dessas típicas sensações de esmagamento próprias das grandes cidades. A capital, pelo contrário, é uma cidade grande mas nunca uma grande cidade. Ainda se respira um ar provinciano em seus limites e, quanto às pessoas, define-se de uma penada que não são moradoras de uma imponente urbe em virtude dessa falta de distância privativa dos moradores. Não, se eu digo que a cidade continua me parecendo um vasto sepulcro isto se deve pura e simplesmente a uma contingência privada e pessoal: refiro-me à miséria. Assim como a via sacra da paixão tem suas estações, assim tenho eu pela cidade assinaladas minhas tumbas, partes desse vasto sepulcro, e com o passar dos anos e depois de alguns passados no exterior não consegui que tal impressão desaparecesse ou, ao menos, se atenuasse. E se vou falar com maior franqueza, embora tenha que deparar-me com o ridículo, declararei que até evito cautelosamente certas ruas nas quais estas marcas de miséria me fizeram padecer mais do que o costume. Mas logo esclareço também que se as evito é precisamente porque nem uma pitada de deleite há em afastar-me delas. Sinceramente vejo-as como pontes cortadas, fragmentos de minha existência que em nada me religam nem poderiam religar-me com minha vida presente.

Quando deixei meu país para provar a grande façanha do exílio, vivia em uma casa sepulcral cuja única mudança, ao longo dos doze anos em que estive ausente, foi a instalação de uma fabulosa luz brilhante pendurada sobre a mesa de jantar. Ela ora serviu para iluminar a cegueira de nosso pai com mais apuro, ora para fazer rebrilhar os garranchos arranhados com dificuldade pelos alunos que minha mãe e minha irmã insistiam em tentar ensinar. Mas serviu, principalmente, para que os contendores aí reunidos para dividir o pão especialmente amassado pelas mãos do diabo e o vinho avinagrado servido em copas lascadas pudessem mirar-se a contento, a fim de que não se desviasse qualquer cerceadura ou agudeza em trânsito. Outros oito anos se passaram e a família acreditou que, se uma luz fria fosse instalada onde até então brilhara a forte luz incandescente, todas as vidas aí emaranhadas tomariam outro rumo. Não havia nada concreto em que se basear para alcançar a inteligência de tal presunção, mas ainda assim era uma esperança. A alteração, porém, revestiu-se de uma consideração com um pé no silogismo e outro na prática eletricista invocada nas poucas vezes em que se tratou do assunto.

Rezava que lâmpadas incandescentes aquecem o ambiente e, em casos de clima como o nosso, agravado em seu desconforto pela constância da falta de água, fazem-no abrasador. Ora, potencialize-se o efeito em casos de lâmpadas incandescentes de luz de brilho mais intenso que o ordinário e o resultado será escaldante. Resignada em sua impossibilidade financeira para a aquisição de um ventilador, eletrodoméstico que, no entender de algum de seus membros, solveria a maior parte dos problemas diários, a família optou então pela substituição das luzes.

De intensidade delimitada pelo descontínuo pulsar dos reostatos; sibilante, acinzentada, a luz fria finalmente veio conferir a este ambiente a iluminação devida, como se algum cenógrafo tivesse por fim dado com as nuanças corretas para este palco onde a única referência visível à luz era o nome de minha irmã Luísa, que eu, em peça autobiográfica escrita anos atrás, alterei para Luz Marina. Sombria querida irmã que se entregou, quase fosca, ao primeiro homem com que topou depois de se autoproclamar uma solteirona cerceada aos limites da casa e da vontade alheia. Aprendeu com o tempo a jogar para a frente o cabelo para tapar a humilhação dos dias. Foi quem vendeu a rádio-vitrola já fanhosa, mas ainda assim luxo impensado para os padrões familiares, para ajudar nas despesas de minha ida ao exílio, e de quem tomei emprestado um casaquinho de lã para as minhas primeiras friagens.

E um palco turvado pela luz onde se entrevia apenas o mais rudimentar de qualquer ação dramática, personificada nos seguintes papéis gastos de tanto manuseio:

a) a mãe resignada, estátua do sofrimento;

b) o pai aposentado, sem dinheiro, cego, iludido com alguma sombra de poder vislumbrada apenas por ele;

c) uma filha desgrenhada, monotemática e solteirona até o desespero;

d) um genro motorista de ônibus, jamais nomeado;

e) um filho poeta, também invocado como vagabundo;

f) a desesperança;

g) outro filho, remediado, que insiste em arrumar emprego seguro em repartição pública para o irmão poetastro;

h) uma filha, casada com marido nunca nomeado e que raramente vê os pais;

i) a eterna espera por algo que jamais acontece;

j) a dissimulação;

k) a fatalidade;

l) mais um filho, que comeu de uma lagosta enlatada, sofreu intoxicação alimentar e ficou irremediavelmente surdo da noite para o dia;

m) a vergonha;

n) a falta de solidariedade;

o) o sexto filho,

etc.

Pois bem; voltei do exílio e retornei ao lusco-fusco da casa paterna, simulacro sepulcral do lar. Em meio às criptográficas relações aí estabelecidas, onde o não dito era mais revelador do que o que se dizia, o pouco do que se permitia ilustrar sem ilusões dessa Sagrada Família manteve-se inalterado ao longo do tempo e da troca de lâmpadas. Continuávamos sendo o que havíamos sido durante quarenta e cinco pesados anos. Depois das naturais efusões, minha mãe chamou-me em um canto e me pediu emprestado (sempre utilizávamos esta fórmula) um dinheiro. Além disso, deu-me as eternas explicações e se desfez em milhares de desculpas. Meia hora mais tarde minha irmã se aproximava para implorar-me outra soma em dinheiro; tudo acompanhado da palavra empréstimo e as explicações e as desculpas de praxe. Para esclarecer um absurdo que já começava a se formar ao redor de minha pessoa, considerada como viajante provido de abundantes fundos, declarei abruptamente que meu capital consistia na modesta soma equivalente a dez dólares. E acrescentei: "A qual estou disposto a deixar no fundo comum da casa." Estas palavras, que podiam parecer a qualquer outro que não fosse membro da família algo como uma indelicadeza, fixavam, por assim dizer, minha posição de eterno indigente e desfazia, de um único tranco, certas esperanças infundadíssimas que minha família havia alimentado pelo fato de eu ter vivido como funcionário público engravatado na oitava potência do planeta. E Luísa, por seu lado, conheceu a mudança maior de sua vida, que continuou a ser a mesma. Ao abandonar o estado civil de solteirona, a única coisa que conseguiu mudar foi o cachorro, pois a coleira continuou sendo a mesma. Sim, me segredou, a mesma coleira, que apertava como nunca.

Mas foram fatos que significaram, pelo menos formalmente, uma mudança. Digo formalmente porque essas mudanças não mudam a condição humana de ninguém. Acredito que só se possa chamar de mudança a passagem, por exemplo, do estado mortal para o imortal, etc. Esclarecido isto, sim, posso falar de mudanças: saí da paisagem provinciana, dos bares, do calor, da falta diurna de água, das intrigazinhas, da fome, dos farrapos. Não quero dizer que o que vivi no exílio tenha sido melhor (ninguém sabe o que é pior ou melhor), mas pelo menos experimentei uma translação. Até fisicamente cheguei a mudar: engrossei as medidas e até poderia dizer que tenho ventre e redondezes. Porém, nem mais otimista nem mais pessimista. Para mim a vida não é melhorar ou piorar: é somente passar, ser, assistir, compreendendo nada do mundo porque creio que a vida não tem nada para ser compreendido, nem que tem um sentido direto. Não há uma vida melhor que outra; o que há é um banho melhor que outro, uma refeição melhor que outra, e é neste sentido que a pessoa pode se sentir mais afortunada ou desvalida. Doeu-me muito distanciar-me, estar separado de toda a minha família, mas ficar teria significado, e tenho isto muito claro, meu suicídio (material ou mental, pouco importa, seria sempre um suicídio), pois eu estava confinado com o nada, com o desespero e, o que é pior, com o nada e o desespero do banal, do irrisório.

Larguei de fumar.

Um belo dia, abatido com minha condição de escritor que lidava com extrema dificuldade com as palavras, a fim de ter o que fazer enquanto elas, dormitando, teimavam em mofar de seu pretendido artífice, industriei algum modo de entoá-las e, quem sabe, apresá-las. Aproveitei a arritmia do sacolejo do ônibus que me enlevava por tais devaneios e comecei com o que conhecia desde os tempos imemoriais, como os dias da semana e depois os meses do ano, soados em ladainha sussurrada. Passei para textos mais exigentes da lembrança, como orações complicadas que ouvia à noite no silêncio da casa: Salve Rainha, Mãe da Misericórdia, Vida, Doçura e Esperança Nossa, mas as palavras empacaram, voluntariosas. Achei melhor voltar para terreno menos árido, como Um Ninho de Mafagafos Tinha Sete Mafagafinhos, mas lembrei que nunca tinha aprendido até o fim a saga dos pássaros — se é que realmente o são, os tais mafagafos. Mas estas eram todas palavras estéreis, às quais faltava o tônus do sentido. Lancei mão do *Tesouro da Juventude*, a fim de recompor à distância suas seções, que se repetiam na mesma ordem e a cada volume: "O livro dos porquês", "Coisas que devemos saber", "Coisas que podemos fazer", "Livros famosos", "Lições atraentes", "As belas ações", "Estampas coloridas", "Piadas de caserna", "O livro do mês", até descobrir que a lonjura de uma coleção me traiu com a lonjura da outra, o *Reader's Digest*. Enquanto me esforçava para voltar à coleção da M. Jackson Editores, veio-me à lembrança um conto que li na *Seleções*, onde se fazia referência a uns supostos habitantes de Vênus. Como se chamava mesmo esse conto? E o "como se chamava?" me levou a outro "como se chamava?", e a outro, e a outro: Como se chamava aquele creme depilatório? Como se chamava a mãe dos Gracos? Como se chamava o homem que me deixou plantado naquela véspera de Natal que comemoramos no Cassino de Desportos? E, tropeçando em novas palavras atraídas pela mesma pergunta descobri, sem a menor sistematização, que o jogo do "como se chamava?" não é o mesmo jogo do "como se chama?", nem do "como se chamará?". E, como estava no jogo, comecei a mover a cabeça de um lado para o outro, ao mesmo tempo em que os pés iam fazendo esses de bêbado. Por sorte, o fluxo cerebral de palavras sem nexo em busca do tônus do sentido foi bruscamente interrompido pela forte freada do ônibus a um triz de atropelar uma mulata que cuspia sementes de melão maduro com a mesma atitude olímpica de Luís XIV ao receber os imperadores persas. Houve troca de palavrões, e estas palavras, hirtas de tônus, me devolveram ao exercício de captura de algumas delas.

Pensei que talvez, então, alguma especulação sobre a natureza das próprias letras pudesse levar-me ao efeito pretendido. Uma frase curta, que não chegasse a despertar as palavras de sua recusa em me servir, mas que as fizesse toar com delicadeza, como sonâmbulas ou bêbadas que diriam depois não se lembrar do ocorrido. Juntar umas poucas palavras que coubessem em uma única linha de um diminuto cartão de visitas de papel opalina, de cuja lisura escorreriam os termos supérfluos: seria este o seu caráter, o de reduzido intróito que permitiria a quem pudesse interessar conhecer de antemão um escritor cuja escritura renitente se recusava à leitura. Matutei, cavilei, até dar com o seguinte lema, como outros tantos que poderia ter inventado, para fazer passar o tempo: *Literatura não é estilo: é respiração.*

Foi quando me defrontei com os malefícios do cigarro. Escrever, mais do que uma fina arte caligráfica, é ouvir a própria voz proferindo palavras que prometem ficar impressas no papel. Mas meus pulmões podres e minhas gengivas tersas, inflamadas pelo tártaro, andavam sem que eu soubesse interferindo em minha concepção de literatura, e então parei de fumar. Sequer resolvi fazê-lo: parei, apenas. Custei a recobrá-la. Não era uma questão médica, daquelas em cuja causa os médicos insistem em advogar para ouvidos moucos. Era uma questão de vida ou morte deste poeta que, sem sua respirada literatura, estaria acabado.

Uma literatura que me levava não sabia aonde raios cada vez que me sentava para escrever. Isso quando meu pai, velho, cego e teimoso, não me fazia levá-lo para comprar fumo de corda de determinada procedência — de um tipo comercializado lá pelos anos vinte —, o que supunha percorrer todas as tabacarias pedindo sempre a mesma coisa, com "desculpe" e "obrigado", e descer dois degraus; ali, três; mas sempre tenha cuidado, você pode cair. Pelo menos, tinha a vantagem de saber exatamente aonde iria. Mas estremecia a cada vez que tocava a campainha, pois isso significava, além do tempo propriamente perdido com quem me importunava, ter que regressar à angústia do papel branco que espantava as palavras que me levariam aonde bem quisessem. Quem bate à porta de um escritor não se dá conta de que ele é um homem à parte. Que sente calafrios diante da brancura teimosa da página que insiste em rechaçar as palavras, que por sua vez se negam a sair da própria letargia e, quando o fazem, são as rédeas de seu pretenso criador.

    Sentado em minha cadeira de tinta descascada, que deixava entrever sua pré-história no palimpsesto das manchas ancestrais nem sempre sobrepostas e das sucessivas demãos de tintas de diferentes matizes; o assento de plástico brilhante, que fazia grudar as carnes poucas e suadas e que, por isso, sufocava sob uma almofadinha redonda achatada, de tecido liso e frio, fui caindo insensivelmente no marasmo de minha "fama iminente". Era mais fácil esperá-la do que urdi-la em cada ponto e vírgula, cada sílaba e cada fôlego. Era mais fácil declarar-me titereado por palavras que insistiam em não se mostrar, revelando-se em suas ausências sucessivas como as manchas em relevo de minha cadeira desconfortável. E acreditar que estaria à espreita, a fama, de alguma frincha na ferocidade de minha letargia despalavreada para se desvelar, majestosa, em seus requintes de pródiga notoriedade.

    Porque até então minha obra literária de uma vida se limitava a uns parcos volumes publicados, dois ou três por caridade de algum mecenas; outro, porque custou exatamente o valor de meu único terno — e aí se esgotou a lista dos títulos que vieram a público. Mas minha obra literária se esbanjava era nos onze originais que jaziam, jubilosamente datilografados, em minha mesa de cabeceira, esperando por alguém de boa-vontade que os levasse à luz das páginas impressas. Por um período foram livros originais ainda em estado probatório, que fui pouco a pouco passando aos amigos para saber-lhes a opinião, até juntá-los em sua quieta espera, sobre o criado-mudo, por alguma mão redentora que lhes desse alento e voz. Estes originais, todos concluídos e em número de onze, estes todos foram solenemente passados a meu sobrinho Artur (sobrinho é modo de dizer. Era rapaz, estava sempre em minha companhia, chegava a me adular. Melhor invocar logo qualquer parentesco) como meu único legado, meu único tesouro. [Provàvelmente outro pederasta; o escritor que acabou, cêdo ou tarde, editando êsses originais, menos mal que tarde. Cf. processo 451/35.] Sabia que o rapaz, enquanto o fosse, teria pouquíssimas chances de tornar públicos meus onze livros privados, mas o tempo certamente lhe traria condições de fazê-lo, ainda que em edição póstuma, oxalá longínqua. (É com tranqüilidade que afirmo que gozo de perfeita saúde, apesar de dormir pouco; não bebo, como com parcimônia, é sabido que já não fumo.) Escrevi, com seu aval, o texto que abrirá cada um de meus volumes póstumos, de modo a não deixar margem a dúvidas quanto à participação do rapaz em sua elaboração. Dirá o seguinte:

> "A Editora deseja deixar constância de seu profundo agradecimento a Artur A., o qual ajudou com os rascunhos e colaborou a todo momento, generosa e desinteressadamente, para tornar realidade a edição deste livro."

E Artur, em sua caligrafia de aprendiz, traçou a própria versão para as vindouras publicações póstumas, que procurei, em vão, ajeitar aqui e ali, até que passei a ter vívidas esperanças de que ele tivesse se esmerado no cinismo:

> "No ano derradeiro de sua vida, escarmentado de pressentimentos sobre a iminência de sua morte — sem que padecimento cotidiano algum lhe fizera indicação —, pressentimentos que agora se vão descobrindo nos poemas, cartas e relatos últimos que escreveu, o Mestre Virgílio P. dispôs vários livros seus para impressão. Realizei com os originais que ele me entregou um minucioso bá, bá, bá, bá, bá."

Melhor mudar de assunto. Dia destes li o seguinte comentário de certo autor um pouco desabusado em seus desbordes, mas arguto:

> "O que mais admiro em um escritor? Que maneje forças que o arrebatam, que parecem que vão destruí-lo. Que se apodere desse desafio e lhe dissolva a resistência. Que destrua a linguagem e que crie a linguagem. Que durante o dia não tenha passado e que à noite seja milenar. Que aprecie a romã, que nunca provou, e que aprecie a goiaba que prova todos os dias. Que se aproxime das coisas por apetite e que delas se afaste por repugnância."

E já que me via à cata do que fazer para matar o tempo fenecido mas sem letras, ademais de ter já rascunhado algumas observações sobre a escritura, dei-lhe seqüência apócrifa: ... Porque não se luta pela escritura e sim contra ela. Desconfiar daqueles escritores que afirmam que lhes encanta a literatura. Chegar a dominar a escritura; obter esse elixir de entrada na corrente sangüínea de nosso corpo é o combate que todo escritor deve se impor. Escrever simplesmente é um ofício como outro qualquer; em compensação, *escrever-se* alguém, eis aí o segredo. Tanto o sacerdote quanto o escritor são depositários de seus confessados. O primeiro se supõe que os eleva até Deus; o segundo os leva ao livro onde continuam desfrutando de seu mistério, já que a escritura faz a todos irreconciliáveis. Para mim, escrever tem sido sempre uma verdadeira tortura. Não conheço outra pior e a vida, como a qualquer mortal, serviu-me de todas as formas e cores da tortura no banquete em minha homenagem. Cada um dirá o que quiser a respeito da escritura, mas no que a mim se refere posso afirmar que sua simples presença já angustia meu ser até a náusea.

Escrevo-me e me condeno ao papel e às letras e me salvo do paraíso. Irreconcilio-me com a família, com os vizinhos, o passado, os colegas de repartição que oxalá não volte nunca a ter. Oculto todas as minhas pequenezes, as mesquinharias, os cinismos, as desconfianças. Revelo todos os segredos de que sou depositário. Desfruto de meu mistério, misterioso até mesmo para mim. Escrevo-me e me condeno à condição de meu próprio boneco. Sou um pré-cadáver, ou um antemorto. Viro um engendro cujo criador aguarda a sucessão dos anos para aparecer, triunfante, como verbete de um dicionário dos autores continentais do século XX, publicado em língua estrangeira e disputado por estudantes preguiçosos de seu ofício, que preferirão correr os olhos por dois ou três parágrafos que sucintamente darão notícia do escritor e citarão, no máximo, duas frases pinçadas de sua obra e que terão o vigor de destroçar sua poética e estilo.

(E será com tristeza que o criador confrontará a breve, anódina notícia que se dará sobre sua vida — retalhada por informações apressadas e que ainda por cima comercializarão os favores da citação acadêmica ("That physical fragility made him 'one who would resist life, resolutely rejecting the world', according to A.F. Likewise, Virgilio P. showed his early rejection of reality through imagination, inventing dialogues with 'doubles', and creating characters with frenzied imagination.") — com a também breve porém primorosa apresentação de seu antecessor alfabético, assinada pelo próprio escritor, Ricardo P.

Frente às várias vaidades que insistirão em emitir alguma opinião, alguma crítica, alguma valorosa interpretação de sua obra à luz da vida, pulsa o texto límpido de seu contendor involuntário. Pergunta-se, traído pela glória, por que raios não o terão chamado para também ele preparar seu próprio texto para o almanaque. O outro escreve uma pequena autobiografia, com ares de ficção, esse moço que nasceu na terra do Bar Rex quando ele já cinzelava a grande façanha do exílio. As garatujas obscenas do outro, inscritas nos mictórios, não terão sido jamais compiladas pelo conde polaco letrado nessas frases, porque quando tais pesquisas foram realizadas ele, o moço, ainda não tinha idade para ser entronizado nas letras.

Não deixará de ser patético ver-se citado em língua alheia por alguma pena pretensiosa que informará, sem pudor, o que lhe passava pela cabeça: "The author considers that life does not condemn or save, or, to be more exact, does not come to differentiate among those complicated categories. He can only say that he lives, that he wants nobody to ask him to qualify his acts, to assign them any value or to expect a justification at the end of his days." Não há dúvida de que no escoliasta há um eterno aspirante a demiurgo.

Mas a vaidade do escritor pode mais que tudo. Sua obra terá alcançado a posteridade e a fama iminente terá se materializado em obra de referência de acesso rápido e esquecimento idem.)

Fui, o Mestre Virgílio P. (este boneco de escritor), graças à insistência de meu irmão, ver o emprego estável como tradutor literário que me foi formalmente empurrado pelo Estado. Receberia, parece, os últimos lançamentos das melhores casas editoriais francesas para fazê-los acessíveis aos amantes das *belles lettres* que sem embargo não dominassem aquele idioma estrangeiro. Uma vez mais estaria fazendo literatura apócrifa, mas agora teria a vantagem de poder conhecer em profundidade as obras com que trabalharia, já que o francês me é consideravelmente familiar, mais as facilidades que me traria um salário fixo a cada final de mês.

Vesti, à falta de fatiota própria, calça e paletó desparelhos; gravata, meias e sapatos completamente extemporâneos e desmedidos, pois não é permitido entrar em edifício público sem estar devidamente trajado. Tive que subir a grande e imponente escadaria de mármore branco que faz elevar, muito acima do nível dos transeuntes, o Ministério da Cultura, local do trabalho oferecido. Cruzei a grande porta dupla de bronze, que serve de assombrosa moldura para as duas letras iniciais do órgão público. Topei com caras que se voltavam a minha passagem. Não me saudavam; ostensivamente me evitavam. Procurei, um pouco constrangido, alguma mesinha sob o cartaz INFORMAÇÕES, de onde pudesse mandar chamar meu cicerone profissional. A mesinha e o cartaz estavam lá, mas não havia nenhuma boa-vontade no funcionário que me atendeu, muito menos alguém que viesse a meu encontro. Só se deu ao trabalho de apontar, com o queixo, outra escadaria igualmente de mármore.

O corrimão que lhe servia de friso de acabamento era de metal dourado, de rebrilho impecável, mas a lisura da pedra nua, sem passadeira, fez minha mão espichar-se para tocá-lo, impertinente. O funcionário disse, de longe, alguma coisa e minha mão imediatamente retrocedeu para que seu suor não manchasse o metal e a sentenciasse por felonia. Continuei subindo, cuidadoso, e grosseiramente o funcionário então gritou que não era por ali. Desci o pouco que havia ascendido naquela repartição, retornei ao grande átrio que tomava todo o andar térreo, fiz menção de retornar à mesinha sob o cartaz. O funcionário evitou-me o trabalho, gritando que meu lugar era por ali, de novo movendo o queixo indicador de geografias dificultadas pela ignorância. Foi quando vi o prolongamento perverso, em cotovelo, da escadaria de mármore, sem passadeira, a pedra nua, cujo corrimão que lhe servia de friso de acabamento era de metal dourado, de rebrilho impecável. Era uma escadinha que descia, em um lance inicial longuíssimo, estreita, de madeira embaçada por cera de cor equivocada, cujo corrimão, instável ao contato de minha mão descarnada, era ensebado de sucessivos suores frios e amedrontados.

Venci o primeiro e longuíssimo lance da escada de madeira, estreita. Os degraus muito altos e curtos me obrigaram a descê-los meio de lado — eram menores que meus pés —, fazendo-me antever certa dificuldade na subida. Cheguei ao primeiro sub-solo do grande edifício do Ministério, que contrastava com o átrio muitos pés acima de minha cabeça, como contrastavam as duas escadas. O piso imaculado lá de cima era aqui recoberto por tacos de madeira empenada; manchados, muitos deles soltos, tornavam-se obstáculos que ninguém se animava a retirar do caminho. As paredes cinzas tornavam mais opaca ainda a luz emitida por tubos que zuniam uns mais, outros menos, entre os diversos que não acendiam ou outros que só o faziam quando cutucados por um pau de vassoura largada no banheiro. As cortinas, como as de todas as repartições públicas, eram queimadas do sol e presas ao teto apenas pela parte central, ficando as extremidades desbeiçadas roçando o chão quase imundo. Os vidros não abriam nem iluminavam; as esquadrias de ferro, jamais substituídas e completamente inchadas pela ferrugem, impediam que o ar fosse renovado naquele subterrâneo. Os odores das camisas suadas repetidas ao longo da semana só eram disfarçados pela fumaça e pela porta do banheiro (sem indicação de sexo na porta, talvez pela presença dominante do elemento masculino), aberta e reveladora.

    Novo cotovelo e outro lance de escada, idêntico ao primeiro. Pensei como seria mais fácil descer àqueles baixos da Cultura por caminhos espiralados e ainda tendo um guia a me antecipar visões e obstáculos. Já começava a procurar pelo terceiro lance da escada quando esbarrei em um tipo que nunca deve ter subido aos andares superiores do edifício pela escadaria de mármore. A camisa, malcheirosa, saía da calça por vários lados, impedindo que esta se equilibrasse com alguma dignidade sobre a barriga roliça, que por sua vez escondia o cinto velho de couro, arrebentando em sua escassez. A gravata afrouxada no colarinho corrompia qualquer intenção de elegância. Os cabelos, dentes, unhas, pele, etc. Ele me olhou com algum desdém, este meu provável colega de repartição, e me apontou uma mesinha que, de olhar, julguei pequena a ponto de não conseguir conter minhas pernas e baixa o bastante para me provocar uma crônica dor nas costas. Sobre ela, uma máquina de escrever cujos tipos acumulavam anos de restos de papel e tinta, desenhando todas as circunferências como círculos, luas cheias feitas luas novas; a fita com um largo fio esbranquiçado, quem sabe alguma tecla solta.

Mas sabia que os originais recém-chegados da Europa não estariam muito longe e esta certeza devolveu, a mim e a meu ofício, algum brio. Pronto eu teria o prazer de lê-los e, meu talento de escritor, a honra e o privilégio de reescrevê-los. Encaixei-me na mesinha, procurei familiarizar-me com os objetos, os rostos ou pelo menos acostumar-me ao cheiro do pó, do ar parado e das pessoas; o funcionamento das gavetas que ficavam à minha direita, que logo percebi não tinham chave, trava ou segredo. A de cima guardava outra fita velha da máquina, uma tesoura aberta, desviada de suas funções, um lápis preto sem ponta, parte de uma caneta, um dicionário bilíngüe de bolso e nenhum original francês. A do meio, papel ofício, branco, sem pauta (com os cantos amassados e algumas manchas), que não requeria o emprego de faquinha sem serra para dividi-lo em duas metades. A última gaveta, praticamente emperrada, protegia uma caixa de charutos havanos, dessas onde as moças costumam guardar segredos, fitinhas, bilhetes amorosos, um ingresso de teatro ou cinema, uma rolha de vinho, delicados cromos. Esta caixa de charutos havanos estrategicamente guardada na última gaveta, emperrada, de minha mesa, estava no entanto vazia. A seu lado, uma pequenina edição do Novo Testamento, com um amor-perfeito seco marcando o Evangelho de São João.

Esperei, resignado, pela boa literatura. As pernas encolhidas, as costas já em pleno formigamento. O suor escorrendo e me empapando testa, pescoço, costas, cintura e rego. As mãos suando frio, desde a minha chegada. Até perceber certa aproximação a meus costados, à qual entretanto resisti sem mover o pescoço. Ainda não eram os livros empapados da literatura francesa que se postavam a minha frente. Tardei em saber que jamais o seriam. Era a oficialização de minha presença naquele subterrâneo, pomposamente denominado Editora Nacional, como tradutor e assessor literário.

Fui constrangido a ler o inteiro teor do documento ante a presença impaciente de uma testemunha, assiná-lo ante a presença ainda impaciente da testemunha e rubricar cada uma de suas páginas ante a presença ainda mais impaciente da mesma testemunha. Dizia:

"Ministério da Cultura.
Editora Nacional.

Termo de compromisso: O abaixo assinado {*nome completo*}, residente e domiciliado {*endereço*}, documento de identidade {*tipo e número*}, sexo masculino, solteiro, declara estar de pleno conhecimento e concorde com as seguintes condições que limitarão a totalidade de suas atividades intelectuais às de tradutor e assessor literário deste órgão, de acordo com a lei 1249, sancionada no Primeiro Congresso Nacional de Educação e Cultura — realizado nesta Capital durante a primeira semana do mês de abril do Ano da Produtividade — e publicada na Gazeta Oficial da República em 1º de maio do mesmo ano, que reza que:

1. fica decretada a lei da propriedade intelectual e do patrimônio nacional: todo trabalho artístico e intelectual pertence à Nação;

2. fica decretado que nenhum artista homossexual pode continuar existindo como artista, ficando assim desvinculado de toda manifestação pública, uma vez que é considerado pessoa aberrante e imoral, portadora de desequilíbrio patológico;

3. fica decretado que devem ser eliminadas quais-

quer aberrações extravagantes no campo da moda, fator este de dependência cultural que mina a unidade monolítica e ideológica do povo;

4. fica decretada a penalidade de reclusão para quem produzir ou colocar em circulação publicações, gravuras, fitas cinematográficas ou magnéticas, gravações, fotografias, ou outros objetos obscenos, tendentes a perverter e degradar os costumes;

5. é consabido que homossexuais são seres antisociais, portadores de patologia social. Fica por isto decretado que os homossexuais não devem ter relação direta na formação dos jovens, seja em atividades físicas ou culturais, e tampouco devem representar o país no Exterior;

6. de acordo com a seção quarta, artigo 359, 'Do Escândalo Público', fica decretada a punição da ostentação pública do homossexualismo, ou importunação ou solicitação com seus requerimentos a outrem, com pena que varia de três a nove anos de reclusão;

7. de acordo com o artigo 354 da Seção 'Da Pederastia com Violência', fica decretado que todo aquele que cometer atos de pederastia ativa empregando violência e intimidação, ou aproveitando que a vítima esteja privada de razão ou sentido ou incapacitada para resistir, ou seja menor de 16 anos de idade, é penalizado com privação de liberdade de cinco a vinte anos ou com a morte;

8. de acordo com o Capítulo III, 'Das Medidas de Segurança', seção segunda, 'Das Medidas de Segurança Pré-Delitivas', artigo 84, fica decretada a criação da qualificação de 'estado perigoso' para castigar vícios socialmente reprováveis e reeducar proxenetas,

prostitutas, viciados e anti-sociais. No entanto, fica decretado que podem ser levadas presas pessoas que não tenham cometido faltas, mas que sejam capazes de fazê-lo, por ostentarem uma conduta anti-social: é a chamada medida pré-delitiva. A pena para estes casos varia de um a quatro anos de reclusão;

9. fica instituída a pena de morte;
10. fica decretada a responsabilidade criminal a partir dos dezesseis anos;
11. para todos os Delitos Contra o Normal Desenvolvimento da Família (Capítulo II, Disposições Complementares, artigo 366) basta a denúncia de qualquer pessoa para que sejam tomadas as providências legais cabíveis.

Local e data — e assinatura do interessado.
Local e data — e assinatura da testemunha."

Algo de suma importância foi-me revelado em relação a minha integridade mental: não era o funcionário do Ministério da Cultura, alocado nesta Editora Nacional, pretenso colega de repartição que se fazia acompanhar de uma testemunha, meu pior inimigo. No máximo simbolizava a humilhação que um homem impõe a outro homem. Pois bem; o humilhado poderia encontrar uma fissura na férrea armadura da humilhação. Por enquanto, eu me defendia com o desprezo. Mas como me defender da escritura, móvel de todos os meus males e, no entanto, minha única convicção? "Passo a passo", pensava. Mas teria que ter alguma serenidade a respeito da rapidez destes passos. Muito lentos, significariam longos anos de cativeiro; muito curtos, minariam lentamente minhas forças até levar-me ao abandono de minha natureza mesma, ou quem sabe do emprego público. Mitrídates, rei do Ponto, tomava pequenas doses de veneno. Um belo dia o veneno se encontrou com sua própria imagem no estômago de Mitrídates. Pelo contrário, eu me debatia em vão contra a escritura: os equívocos seriam freqüentes e com sempre maior intensidade; as letras sairiam dos tipos da máquina de escrever em confusa reverberação, como se frases de poucas palavras estivessem compostas de milhões de palavras. Um dia ficaria surpreso com um pelotão de palavras inconexas que recordariam a escritura automática. E eis que as malditas frases teriam o poder de soltar as amarras do pensamento. Pugnando por escapar de um cárcere mental encarnado nas palavras, cairia em cárceres mais vastos, de frases desmesuradas, carentes de todo sentido e com poder de encantamento capaz de submergir-me em plena abjeção mental. Seria bem possível dar as costas à escritura; que um dia aziago me levantasse sem o ânimo necessário e me pusesse, como os presos clássicos, a amestrar uma ratazana ou fazer cantar um passarinho.

Fui obrigado a renunciar a escrever através de uma escritura encomendada, a soldo, cerceada, apócrifa, aprazada, passível de adulterações, senhoreada por feitores que distribuíam tarefas de tradução de textos aprovados em triagem prévia [Evidentemente Sartre, e alguns outros que não me vêm á memória têve sua obra proibida, graças à subscrição de carta aberta destinada ao Chefe da Nação, onde vários intelectuais expressaram apoio á certo prêso político e aproveitaram para pedir a soltura dêle e de tôdos os que se encontravam na mesma situação. Foram igualmente proibidos os autores que reconheciam ou reconheceram ser pederastas, como Proust e Gide.] ao longo dos dias, semanas, meses, anos. Isto tudo, no entanto, em nada me afetava. A tal literatura francesa que ainda me alentava era, vim fatalmente a saber, uma sucessão de informativos africanos escritos naquele idioma sobre o qual eu desgraçadamente tinha domínio. Obrigavam-me a levantarme à hora marcada, tomar banho cedo, antes que a água secasse nos canos enferrujados, vestir-me adequadamente ao emprego na repartição que protocolava a produção cultural dos cidadãos de todo o país, tomar o ônibus sempre no mesmo horário, subir a escadaria de mármore externa ao Ministério, descer os lances sucessivos da escadinha de madeira, bater o ponto no relógio que rangia à chegada de cada funcionário, encaixar-me na escrivaninha, render meu horário fixo de oito horas diárias e abafadas a serviço da Nação, embargado por profundos pensamentos que seriam postos no papel para a edificação de outros homens. Já não era mais senhor de minha letra miudinha, desenhada em folhas de papel almaço branco, cuidadosamente cortado com uma faquinha sem serra, para não ferir o papel, e zelado em sua limpidez pelo dorso dos dedos nodosos meio fechados em concha. Tampouco era dono de meu tempo, que às vezes escoava longo, longuíssimo, sem que nada alterasse a brancura do papel. Nem podia mais ser o títere de minhas palavras, que me levavam aonde bem quisessem. O contato direto, carnal, com o papel que tanto me atemorizou já não me era permitido. Era obrigado a tocar apenas as pontas de meus dedos nas teclas ensebadas da máquina lerda de escrever pesadona, de ferro, que me alijava do papel ofício, para me desempenhar a contento na empreitada designada do dia.

Em troca, nenhum conto, nenhuma peça de teatro, nenhuma publicação, aqui ou no Exterior, nenhuma polêmica, nenhum romance. Quando muito — e sob severo risco — algum poema, gênero que com certa facilidade se escondia sob a camisa, nos moldes dos traficantes de drogas, para ler a público restrito e depois queimar, para não deixar provas.

Pelo menos oficialmente este poeta, o Mestre Virgílio P., calou seus escritos. Li uma ocasião que "o silêncio depende da palavra; é uma dimensão última do dizer." Na tentativa de vestir, uma vez mais, a máscara marcada pelos esgares do cínico decidi, para dizer meu silêncio, depois de cavilar, resolver, retroceder, resistir, retroagir, especular, enfim, depois de idas e vindas, decidi calar esta minha voz mais íntima, que me reescreve, para, ao menos em minhas ilusões, acreditar que meu silêncio depende de minha palavra, que meu silêncio é uma dimensão última de meu dizer. Que meu silêncio, a exemplo de meu medo, não é de fora para dentro, mas de dentro para fora. Encaixo-me no lugar das noivas naturais do país onde vivi meu exílio, que costumavam dizer que uma moça ou se casa ou escreve um diário. Abro mão de minha autobiografia para dedicar-me a meu esposo fiel, cujo nome é ultraje. E, à guisa de conclusão, enclausuro-me nos seguintes versos:

> Tenho sido como um cão
> submisso à voz do amo:
> Eia, Virgílio, salta!
> Tenho amado a formosura,
> pretendido a graça.
> Tenho tido delicadezas
> de cão amestrado.
> Como prêmio de tudo, meu amo,
> apenas te peço
> um pouco mais de escárnio.

Oscar reúne todas as folhas de sua autobiografia, acerta-lhes os cantos, embrulha-as em papel pardo, amarra-as com firmeza, não coloca qualquer tipo de etiqueta ou identificação em nenhum dos lados do pacote e junta-o às folhas amarrotadas e amarelecidas da juventude, no fundo da acanhada gaveta dos poucos lenços, meias e cuecas, para que sejam todos embaralhados e confundidos. Em caso de nova devassa, alegará que são todos escritos de uma mesma época pretérita, anterior a esta silenciosa era eivada de cercos e cerceios. (A parte final da frase, evidentemente, ele terá o cuidado de não proferir jamais em voz alta.)

E passa a viver, o Mestre Oscar, como o criminoso que sabe não sê-lo. Esconde sua autobiografia quase renegada; deixa de escrever escritos mais longos, difíceis de serem disfarçados; inicia o tráfico de poemas em reuniões secretas; cala sua voz pública; recebe os amigos estrangeiros, que insistem em vê-lo, em longos passeios para que suas indiscrições não possam ser historiadas; pára de publicar, de escoar sua parca produção para fora desta ilha da desaventurança; veste a fatiota todos os dias para ser o escritor que escreve com hora marcada o que lhe mandam escrever.

Mas estes calados cuidados não são garantia suficiente de uma tranqüilidade jamais conhecida.

E já que não lhe permitem mais escrever para os outros, Oscar menta uma saída que permita vazar sua vingança, mãe de sua escritura. Apanha de seus guardados uma capa de cartão com manchas de bolor, mas aprumada, e escreve, ocupando-lhe toda a parte central, o título do texto mais recente, que ele ainda está por compor: UMA TROÇA COLOSSAL. Na verdade, esta capa de cartão guardará a quieta lembrança deste narrador de segunda mão, que narra agora o que sabe graças ao que foi antes narrado. UMA TROÇA COLOSSAL não será um livro apenas, mas onze obras, a que poucos terão acesso e que repousarão, tranqüilas, sobre sua mesa de cabeceira, à imagem e semelhança de suas antecessoras, as onze obras profilaticamente datilografadas que esperavam por alguma mão redentora que lhes desse alento e voz mas que, no lugar desta, toparam um dia com a mão grosseirona da polícia que as arrestou e calou.

Esse narrador de segunda mão encarece a Mnemosina, A-Que-Se-Recorda, algum sopro do que já foi um dia iluminado, mas cujo viço se esvai na mera repetição dos movimentos do braço que tentam repetir andamentos, não mais tão vivazes, outrora impressos sobre o papel. Palavra por palavra, frase por frase, linha e lauda, ela o ajuda a recompor, na memória muda, todos os seus onze livros confiscados, para assim ajudá-lo a elaborar sua vindita calada, feita colossal troça da própria escritura, da mesma vingança. Mais uma vez ele finge que escreve, com a diferença que, agora, o autor apócrifo é seu passado e o texto fingido, as copiosas obras que ele mesmo inventou. Metódico e disciplinado, ele se obriga a transcrever-se a si mesmo, titereado não mais por palavras que outrora teimavam em não se mostrar, mas pela vontade traiçoeira de sua lembrança açulada pela Musa.

E assim surge, claudicante, a primeira frase dita pelo narrador do primeiro conto, que é logo substituída pela voz arrastada e lamuriosa de uma mãe que perdeu marido ou filho. Toma então a palavra a voz do senhor Ansaldo que soa em praça pública, igual a todas as vozes de políticos em palanque; forte, bem articulada, um pouco anasalada, espichando certas sílabas para ter certeza de ser acompanhada e até compreendida pela multidão. Mas a cada um dos presentes, inquietos com a falta de carne que castiga a cidade, ensina, insegura, como cortar um belo filé da própria nádega esquerda. E isso uma e outra e ainda outra vez mais até que todas as vozes de todos os onze livros se impacientam por completo e se transformam em colossal algaravia abafada na surdina de sua letra miúda, que tão-somente transcreve vozes já pronunciadas em segredo.

Mas são tantas as noites da semana iluminadas sem

exceção na casa desse poeta cerceado, cuja sombra ossuda pode ser desenhada, embora com certa dificuldade; as pernas franzinas e o peito fraco de fora, curvado sobre a mesinha onde repousam papel, lápis e faquinha sem serra; tantas vezes zelado em sua limpidez pelo dorso dos dedos nodosos meio fechados em concha o papel almaço branco sem pauta; tantos meneios do braço esquálido garatujando letras sobre o papel; tantas as folhas de papel almaço branco sem pauta compradas na venda próxima, tantos lápis pretos encomendados, que a curiosidade dos convizinhos, homens comuns para quem o inexplicável aparece sempre sob o aspecto do catastrófico, foi finalmente despertada, as autoridades competentes invocadas, a interdição pronunciada, a denúncia lavrada e o inquérito instaurado.

Agentes da Segurança do Estado irrompem com violência em sua casa de manhã bem cedo. Rugem, é verdade, para o dono abrir a porta da rua. Como está fechado no banheiro, o som sibilante e a quentura da água reverberando em ambos os ouvidos, alagados e ensurdecidos, o Mestre não ouve a ordem oficial e tem, então, a porta da frente arrombada por solados pretos e dentados de botas policialescas. A água termina de rumorejar já cadenciada pelo dobrado dos passos milicianos. Ele começa a se enfatiotar para o trabalho. A água do banho, perfumada com o odor gritante do sabonete, ainda não escoou completamente no ralo quando dá de cara com três tipos suarentos, já a esta hora do dia, grosseirões, que querem saber onde é que estão os escritos que subvertem a Ordem do Estado. Ele pronuncia poucas palavras, amortecidas pelo medo, concordes com tudo o que apregoam os três soldados e ponteadas pelo Sim, Senhor, Como Não, Senhor e Aqui Está O Que Procura, Senhor. A covardia verdadeira, o pretenso respeito, o falso acatamento às ordens, a simulada cooperação incondicional não o livram, no entanto, do escárnio, urrado em tons múltiplos de três, mas com a insígnia única de Seu Velho Veado Violador. Por via das dúvidas, confiscam oficialmente a pasta, engordada e descomposta, que protege os onze originais que estão sendo plagiados da memória, reconstituição dos onze originais confiscados no passado, já mais-que-perfeito.

O fedor da transpiração dos três meganhas emaranha-se com o ordinário odor de rosas de Oscar e assim, entrecortados, cruzam ambos a porta da rua, para então atenuar-se na calçada. Voltam a recrudescer no interior do carrão preto, sem placas, onde o violador veado velho é enfiado com violência e estorvo no banco de trás. A pasta com a papelada vai na frente, entre o motorista e seu colega, leões-de-chácara do corpo de delito que jaz silencioso. Atrás, o terceiro agente empurra a cabeça do Mestre contra o banco forrado de plástico, recamado de furos perfurados por brasas maiores e menores, em todo caso imundo. Rodam com ele sem que tenha noção da topografia percorrida, o rosto lívido chafurdando no assento enegrecido. As janelas do carro encarceram um aroma nauseabundo, próximo do putrefato e beneficiário do terror.

Fazem-lhe broma.

O meganha do banco de trás lhe segreda ao ouvido promessas e prenúncios de intimidações, malefícios, castigos e até desgraças que poderão começar aí mesmo, no banco traseiro do carrão preto. Invoca as possibilidades de calibre das queimaduras que a qualquer momento terão ou não início. Sussurra quase em sua nuca — cujos pêlos insistem em não eriçar, aderidos que estão à pele amedrontada — que um violador velho e veado haverá de preferir a dos cigarros longilíneos, em alguns sítios denominados louros, pela delicadeza do tabaco empregado em sua fabricação. Mas que certamente aprovará a corpulência dos charutos neste caso de contato direto com as carnes acovardadas. Compraz-se com o estremecimento de sua vítima diante do sacrifício já em curso, este vitimário amador de seu ofício.

Mas atrapalha-o a discussão que os colegas do assento da frente, rumorosos guardiães da prova inconteste do delito desse velho transgressor invertido, mantêm sobre a natureza do crime de que o acusarão. Ouviram murmúrios, mais de uma vez, sobre certo velho veado violador que, mais dia menos dia, seria finalmente agarrado e acusado e trancafiado junto com sua corte de rainha velha. Para ele, duas imputações seriam fulminantes: exibicionismo e grafomania. O desgraçado conseguiu livrar-se da prisão por pederastia; foi formalmente acusado de crimes políticos e morais; foi desnudado, banhado e desinfetado, obrigado a vestir o paletó ornado com a letra **P**, mas amigos loquazes lograram demasiado rápido sua libertação. Agora, a denúncia deverá ser certeira, para não deixar esse velho sumir das barbas das autoridades e continuar com sua veadagem e violações por aí. Cogitam os dois, altercando-se, sobre qual dos dois crimes será o mais conveniente: crime de exibicionismo ou crime de grafomania.

O policial insiste em sussurrar em sua nuca suada, mas Oscar já não ouve sua voz. Revisa a definição de exibicionista, ele que jamais foi levado a exibir seus órgão sexuais mas sempre escreveu tão sem escrúpulos e pôs a público a história de sua vida privada, seus sentimentos, suas mazelas, seus próprios segredos que deveriam ficar ocultados. Pensa as palavras que sempre perseguiu, a maneira como as expôs, as transformou em enunciados de diversos gêneros; empapa-se delas até, tomado pelo asco, cair na tentação de impor-lhes uma mordaça. E sonha, este mitômano, com o julgamento por grafomania.

Todos os escritores — os grandes e os borra-tintas —

são levados a julgamento no deserto do Saara. Às centenas de milhares, este exército poderoso pisa as candentes areias, espicha a orelha — a aguçada orelha — para escutar a acusação. De pronto sai de uma tenda um louro. Ereto sobre as patas infla as penas do pescoço e com voz alquebrada — é um louro bem velho — diz:

— Sois acusados do delito de grafomania.

E, ato seguido, volta a entrar na tenda.

Um sopro gelado corre entre os escritores. Todas as cabeças se unem; há uma breve deliberação. O mais destacado dentre eles sai das filas.

— Por favor... diz junto à porta da tenda.

Em instantes aparece o louro.

— Excelência, diz o delegado. Excelência, em nome de meus colegas, pergunto-vos: poderemos continuar escrevendo?

— Pois claro, quase grita o louro. Entende-se que continuarão escrevendo quanto desejarem.

Indescritível júbilo. Lábios ressequidos beijam as areias, abraços fraternais, alguns até tiram lápis e papel.

— Que isto fique gravado em letras de ouro, dizem.

Mas o louro, tornando a sair da tenda, pronuncia a sentença:

— Escrevei quanto queirais, e tosse ligeiramente, mas nem por isso deixareis de ser acusados do delito de grafomania.

Os lápis e as folhas de papel

Oscar é atirado contra o banco dianteiro, corpo inerte vencido pela brusca parada do carrão preto.

Chegaram.

Os três meganhas escoltam o Mestre em formação de cunha, dois atrás ladeando o acusado e o terceiro na frente, conduzindo a prova dos nove do delito cometido.

Uma revoada de moscas recebe o velho veado violador grafômano exibicionista para o interrogatório.

— Como se chama?
— Oscar.
— Quem são seus pais?
— Artur e Margarida Maria.
— Onde nasceu?
— Numa ilha.
— Que idade tem?
— Setenta e sete anos.
— Solteiro ou casado?
— Solteiro.
— Profissão?
— Escritor.
— Sabe que é acusado de delito contra a natureza?
— Sim, sei.
— Tem algo mais a declarar?
— Que sou inocente.

O juiz então olha vagamente o acusado e lhe diz:

— O senhor não se chama Oscar; o senhor não tem pais que se chamam Artur e Margarida Maria; o senhor não nasceu numa ilha; o senhor não tem setenta e sete anos; o senhor não é solteiro; o senhor não é escritor; o senhor não cometeu delito contra a natureza; o senhor não é inocente.

— O que sou então? Exclama o acusado.

E o juiz, que continua olhando-o vagamente, responde:

— Um homem que acredita chamar-se Oscar; que seus pais se chamam Artur e Margarida Maria; que nasceu numa ilha;

que tem setenta e sete anos; que é solteiro; que é escritor, que cometeu delito contra a natureza; que é inocente.

— Mas sou acusado, objeta o escritor. Até que se provem os fatos, estarei ameaçado de morte.

— Isso não importa, responde o juiz, sempre com sua vaguidade característica. Não é essa mesma acusação tão inexistente como todas as suas respostas ao interrogatório? Como o próprio interrogatório?

— E a sentença?

— Quando ela for proferida, terá desaparecido para o senhor a última oportunidade de compreender tudo, diz o juiz; e sua voz parece emitida como de um megafone.

— Estou, pois, condenado à morte? Choraminga o escritor. Juro que sou inocente.

— Não; o senhor acaba de ser absolvido. Mas vejo com infinito horror que o senhor se chama Oscar; que seus pais são Artur e Margarida Maria; que nasceu numa ilha; que tem setenta e sete anos; que é solteiro; que é escritor; que é acusado de ter cometido delito contra a natureza; que é inocente; que foi absolvido e que, finalmente, o senhor está perdido.

De chofre é descartada pela autoridade competente a possibilidade de exibicionismo. Mostrar o peito fraco, pernas e braços descarnados dentro da própria casa, portas e janelas fechadas não constitui crime. Em nenhum momento mencionou-se que o acusado sofreria de obsessão mórbida por exibir os órgãos genitais. Quanto à sua falta de escrúpulos em alardear em público seus sentimentos (os quais devem ser ocultados), a própria vida privada em folhas de papel rabiscadas, é mero desvio do delito de grafomania. Sobre sua condição de empreendedor de delito contra a natureza, nada pôde ser provado nestas folhas de papel guardadas em capa de cartão mofado. O mais adequado nesta situação será o confisco da mencionada pasta de cartão intitulada, pelo próprio detido, UMA TROÇA COLOSSAL, que contém o esboço de onze obras suas. O prisioneiro será libertado, mas permanecerá em constante observação por equipe do Estado devidamente treinada para detectar qualquer desvio de conduta que implique indicativo de intenção de delito.

Dois ou três dias mais tarde os mesmos agentes fedorentos tornam a ir à casa de Oscar para adverti-lo que poderá custar-lhe caro continuar a assistir a reuniões literárias que, eles não sabem, chamam-se tertúlias, seja em residências de senhoras dadas à poesia a que acorrem informantes pretensamente disfarçados ou mesmo em estabelecimentos menos refinados. Oscar convida-os a sentar-se na combalida sala-de-estar. Oferece-lhes café, com sorna. Os agentes sequer cruzam a porta de entrada e, já de saída, voltam-lhe os dentes cariados para lembrá-lo que também poderá custar caro continuar a receber visitas de estrangeiros. Estes, acolhidos todos em segredo, e convidados, nos últimos tempos, a longos passeios por descampados onde podiam ter conversação à vontade com o Mestre, longe de qualquer possibilidade de bisbilhotice: o ardil acaba de mostrar-se pretensão de neófito.

E assim, aos setenta e sete anos, impedido de escrever, proibido de publicar seus textos, impossibilitado de exercer sua tarefa de escritor, a vida literária de Oscar se desorbita em literatura barata, costurada em livrinhos que são esquecidos tão logo o leitor descobre nome e rosto do assassino. A comunidade intelectual da ilha desaventurada, sequiosa por imortalizar-se nas páginas deste libraco, tratou de alastrar a notícia do vexame, lucubrando saídas para o Mestre. Urdindo uma obra barata, cujos personagens têm suas convicções cristalinamente manifestas, com o previsível esquematismo que os divide entre Defensores e Inimigos do Estado, esse grupo intelectual acaba desenvolvendo enredos mirabolantes que serão, durante anos, aceitos como a versão definitiva dos últimos dias do Mestre Oscar P.

Oscar, impotente em sua impossibilidade literária, sofre a pior de suas humilhações. Imputam-lhe uma história, quem sabe mais do que uma, onde o titereia uma palavra alienada. Corre então a informação de que se estabelece um código entre Oscar e os amigos que desejam visitá-lo: um telefonema de uma só chamada significa que há alguém na esquina, pronto para vê-lo. No entanto alguns críticos da literatura, inconsolados com a esquematização estética que então toma corpo, passam a denunciar a falta de verossimilhança do novo gênero. Apontam, estes críticos, o ponto de saturação máxima a que chegou um desses textos policialescos (o exemplo é exposto pelo eminente Dr. Leonardo P.F., em entrevista publicada no Exterior): "Recordo-me de um caso em que há um roubo que se resolve porque no lugar em que transcorrem os fatos são encontradas as pegadas do sapato do ladrão. Só que o escritor esqueceu-se de que o ladrão tinha tirado os sapatos antes de entrar no local." Jamais houve qualquer confirmação da existência de um telefone público na esquina da casa de Oscar. Sequer houve a preocupação de saber se, de fato, o próprio Mestre possuía telefone.

E, finalmente, chega-se ao grão. Em 19 de outubro de 1979 morre, na Capital do País, o Mestre Oscar P., vítima de ataque cardíaco, em sua residência.

(Dezoito horas antes de morrer, Oscar esteve na casa de Artur E., onde insistiu no fato de que, apesar de seus setenta e sete anos, sentia-se muito jovem. Mostrou a pele dos braços para comprovar sua juventude; tocou as pontas dos pés com as mãos, saltou, girou. Estava eufórico. Chegou a dizer que era terrível ser jovem a vida toda, e começou então a fingir-se velho, desdentado e de bengala na mão. Você verá, disse, que entre todas as desgraças que me tocaram, também me tocará a de morrer com noventa anos. O que acontece, Artur E., é que eu sou imortal.

Segundo o relato de dois escritores já falecidos, antes de a família ou os amigos receberem a notícia da morte de Oscar, a Polícia vai até o local e seqüestra tanto defunto quanto onze manuscritos mantidos, cuidadosamente, sobre seu criado-mudo. Quando os amigos inteiram-se da morte do Mestre, vão a sua casa tentar salvar os textos, mas ela já está oficialmente lacrada. [Sem dados. A informação, é plantada em revista internacional.]

No entanto, o escritor e crítico literário R.L. afirma, sem que Artur E. jamais o mencione, que este último ajudou a recolher a papelada de Oscar pouco depois de sua morte.

É sabido, por outro lado, que Oscar costumava gabar-se do fato de que suas obras completas estavam em ordem:

— De toda forma, minha obra está feita e ali, limpinha, datilografada para ser entregue a meu sobrinho Artur A., porque já tenho setenta e tantos anos e a gente nunca sabe quando espicha as canelas.

E, como não há defunto, não há velório. O corpo reaparece apenas momentos antes do enterro. Pouquíssimas pessoas conseguem chegar a tempo, e ainda assim têm dificuldade em acompanhar o féretro, uma vez que o carro fúnebre sai em velocidade. A morte do Poeta Oscar é anunciada no jornal oficial, em poucas linhas lacônicas, dias depois do enterro. Seu túmulo passa a ser local de reunião de poetastros.

A Editora Nacional sugere o nome de Ángel Artur para proferir as palavras de praxe no enterro, na tentativa de evitar qualquer nome conflitivo. Tal escolha, porém, é repelida pelos amigos do falecido que indicam outro escritor para assumir a palavra. Esta é a segunda vez que Ángel Artur passa pela mesma situação vexatória. Conta-se que no enterro de outro distinguido autor homossexual seu nome foi veementemente rechaçado pela viúva, que convidou um amigo para presidir a cerimônia fúnebre.

Um dos escritores que sustentam a tese de que o corpo de Oscar teria sido seqüestrado — escritor esse que se suicidará anos depois, com um balaço na cabeça — arrisca afirmar que o Mestre não morre de morte natural. Teria sido assassinado pela Polícia. Seus argumentos repousam sobre duas circunstâncias definitivas: como um homem saudável, de hábitos alimentares frugais, que não fumava havia anos, que costumava caminhar, morre de ataque cardíaco? E como os policiais sabiam do ocorrido antes de qualquer pessoa próxima de Oscar P.?)

[Na seqüência a fiel transcrição do testemunho consignado por Artur A. que, conviveu com o poeta Oscar P., ao longo da vida e principalmente em seus últimos tempos, em exata conformidade com os fatos. Não há qualquer parentesco entre os dois.

"O poeta Oscar P., costumava mandar sua datilógrafa fazer várias cópias de cada texto para poder distribuí-las entre os amigos e assim saber sua opinião. Prova disso é a multiplicidade de exemplares inéditos de seus escritos, alguns anotados á mão, outros, com sutilíssimas variações meramente datilográficas. O poeta Oscar, vai então, no dia 18 de outubro de 1979 á casa de seu amigo Abílio E. Artur levar um dos exemplares de seu último romance. Como chove prefere deixá-lo aí para não molhá-lo. Diz que virá mais tarde para apanhá-lo. O poeta Oscar P. morre antes de poder voltar á casa de seu amigo passada a chuva.

"O poeta Oscar P. jamais largou de fumar.

"No dia 19 de outubro de 1979 Oscar sobe pelas escadas, até o quinto andar onde vive seu amigo Sérgio C. Artur; médico aposentado. Chega dizendo que não se sente muito bem. O médico aposentado lhe prepara um pouco de chá e o recosta no sofá. O poeta Oscar lhe diz:

" — Já me sinto melhor.

"Sem embargo, não está melhor. O médico aposentado chama então Henrique A. Artur; ator amigo de Oscar, seu parceiro de canastra. Ele vêm em seguida com sua mulher. Ambos, ajudam o poeta Oscar a descer as escadas. Oscar, ao mesmo tempo em que vai descendo, vai também morrendo. Chega morto ao hospital.

"O corpo magro do poeta Oscar, é retirado do hospital e levado á funerária. De lá é reencaminhado ao hospital para que se realize a necropsia, segundo reza a lei uma vez que a morte, se deu fora das dependências do hospital. Por isso há um lapso na Funerária El Caballero durante o qual, não há defunto á quem velar. Transladado de volta a El Caballero o corpo do poeta Oscar, é homenageado pelos amigos com a guarda de honra: postam-se ao lado do ataúde e são rendidos, á tempos determinados. Os últimos a render-lhe a homenagem são êste Artur A. e o escritor que mais tarde viria a se suicidar com um tiro — não sem antes sustentar a tese de que o corpo de Oscar, teria sido sequestrado e afirmar, que o Mestre não morre de morte natural e sim assassinado pela Polícia.

"A boca do cadáver de Oscar não se fecha completamente. Parece rir, deitado, em seu caixão aberto exposto á quem tiver a curiosidade de vê-lo. O cadáver de Oscar parece burlar de quem vai até El Caballero para velá-lo. Ostenta um estentóreo riso sarcástico.

"O poeta Oscar, deixou sobre a cama cuidadosamente datilografados, seus livros inéditos — em número indeterminado — para êste seu amigo Artur A., no dia 18 de outubro de 1979. Quando êste Artur A. vai buscá-los já não os encontra. A polícia, toma sua obra inédita e permanece com ela por seis meses. Devolve-a, mas, retém alguns dos livros.

"É possível que a polícia, tenha ido até á casa do falecido poeta Oscar P. durante seu velório para fazer o arresto das obras. É certo, que a polícia deteve: dois livros; a primeira versão de um conto narrado em primeira pessoa, depois publicado em sua segunda versão; uma série de poemas; um conto longo, e pelo menos cinco outros textos cujo gênero não foi possível determinar.

"Quem quer que tenha ido á casa do falecido Oscar, para recolher sua obra deparou-se com um grande vaso, de boca larga — talvez para melhor exalar seus eflúvios — onde o Mestre, ao longo de seus dias tinha o hábito de conservar as bitucas lambuzadas por seus lábios grossos.

"Os papéis do Mestre falecido, foram deixados em um depósito. Êste Artur A., conseguiu resgatar a quase totalidade dos textos confiscados. Isso foi possível, porque uma vez que Oscar está morto seu caso ficou liquidado.

"Muitos dos originais do poeta Oscar, não reaparecem. Outros estão com o dramaturgo José T. Artur, em Paris que é definitivo em seu intento de não os reencaminhar a quem de direito.

"Hoje há dezoito caixas, com os manuscritos de Oscar P. São caixas grandes todas iguais, que originàriamente serviram para embalar frangos congelados importados. Ainda fedem. Algumas, estão deterioradas pela humidade. Ficam estocadas em um cubículo sujeito ao calor, umidade, sol direto. Grampos e clipes metálicos ferem o papel, que aqui e ali, começa a mostrar sinais de deterioração irreversível. É comum algumas de suas extremidades partirem-se ao toque.

"Há várias versões bastante desabonadoras, que envolvem membros da família do falecido Oscar que, teriam tentado obter vantagens pessoais (no mais das vezes, pecuniárias) com o comércio ilícito de alguns de seus originais. Melhor relevar tais passagens.

"Muitos anos passados da morte do poeta Oscar, êste Artur A. — que também teve lá seus ruídos com a Polícia, totalmente apagados pelo Chefe da Nação que, lhe regalou um carro em cerimônia pública — recebe permissão depois de devidamente reabilitado, de realizar edições póstumas da obra do Mestre, para as quais se utiliza de suas versões recuperadas. No entanto custa para que, esteja apto para escrever e assinar os prólogos. Por isso as editoras deixam constância de seu profundo agradecimento á êste intelectual interessado na divulgação da obra do amigo Oscar.

"A última dessas edições póstumas preparada por êste Artur A., de publicação recentíssima e duramente disputada principalmente pelos jovens — já que, se trata da primeira edição da obra em seu país natal —, curiosamente ostenta um prólogo assinado por êste Artur A. Trata-se, da versão reescrita por sugestão do mesmo Artur A., do primeiro romance de Oscar, escrito e publicado no exílio, com fios de sua própria carne. Segundo êste Artur A. a primeira versão do romance era demasiado prolixa — além de frouxa. Oscar, felizmente concordou com a crítica e decidiu reescrevê-lo. Presenteou o amigo, com a nova variante totalmente anotada.]

MINISTÉRIO DO INTERIOR
DIVISÃO DE DEFESA E INFORMAÇÃO NACIONAL

Ofício nº 34.907/06/1996
Ref. Proc. 451/**

Local e data.

Senhor Superintendente

Venho, por meio dêste, encaminhar-
lhe anotações exaradas no documento
anexo á mim designado por Vossa
Senhoria. Volto a elevar-lhe os
mais altos protestos de estima e consideração.

Assinado,......................
Número funcional 101.450

No entanto, quando o poeta apaga as letras, desaparece o fato.

Do meio destas páginas cairá um papelzinho que dirá:

(Nenhum cabeçalho, nenhum apelativo, nenhuma fórmula de cordialidade.)

A ficção do poeta, ao apagar o fato, devolve a vida às palavras despalavreadas, aos fios de linha e palavras e cabelos mortos. E só com a morte da literatura voltariam a cair abatidos em terra novamente estes fios de cabelo, de linhas e de letras. Se é assim, então a ficção do poeta pode retroagir para aquém do fato e apagar outros fatos. Apagá-los, riscá-los do mapa, esticar-lhes a canela, dar-lhes o pirulito e, em seu lugar, erigir novas palavras, novas linhas, novos fios trançados por novas Parcas e tudo isso só correndo o risco de voltar à situação primeira em caso de morte da literatura. Então será verdade?

SOBRE A AUTORA

Teresa Cristófani Barreto é professora de literatura hispano-americana na USP, tanto na graduação quanto na pós. Autora de A libélula, a pitonisa — homossexualismo, revolução e literatura em Virgilio Piñera; Letras sobre o espelho — Sor Juana Inés de la Cruz *e* A receita de Mario Tatini, *traduziu* Contos frios, *de Virgilio Piñera, sempre por esta mesma Iluminuras.*

Este livro foi composto em
AGaramond e Typewriter pela
Iluminuras, com filmes de capa
produzidos pela *Fast Film Pré-
Impressão* e terminou de ser
impresso no dia 25 de novembro
de 2005 na *Associação Palas
Athena*, em São Paulo, SP.